Rainer Gross
SCHRÖDINGERS KÄTZCHEN

Rainer Gross, Jahrgang 1962, studierte Philosophie, Literaturwissenschaft und Theologie. Er lebt mit seiner Frau als freier Schriftsteller in Reutlingen.
Bisher veröffentlicht: Grafeneck (Pendragon 2007, Glauser-Debüt-Preis 2008); Weiße Nächte (Pendragon 2008); Kettenacker (Pendragon 2011); Kelterblut (Europa 2012).

Bei BoD u.a. erschienen:
Die Welt meiner Schwestern
Das Glücksversprechen
Yuomo
Haus der Stille

Rainer Gross

Schrödingers Kätzchen

Roman

BoD 2014

Bibliographische Information der Deutschen Nationalbibliothek:
Die Deutsche Nationalbibliothek verzeichnet diese Publikation in der
Deutschen Nationalbibliographie; detaillierte bibliographische Daten
sind im Internet über http://dnb.d-nb.de abrufbar.

Herstellung und Verlag: BoD – Books on Demand, Norderstedt
Layout und Umschlaggestaltung: Rainer Gross
Umschlagfoto: © Depositphotos.com/naturlich
Alle Rechte vorbehalten
ISBN: 9783734739835

Ich mag meine Katze nicht, und es tut mir leid, dass ich jemals etwas mit ihr zu tun hatte.

ERWIN SCHRÖDINGER

Ich heiße Richard Eder und bin vierundvierzig Jahre alt. Ich interessiere mich für Quantenphysik. Das ist eine Liebhaberei von mir. Ich frage gern nach dem Ursprung des Universums und dem Wesen der Wirklichkeit. Ich meine, wissen wir denn wirklich, was um uns herum ist?

Daran muss ich manchmal denken, wenn ich aus dem Fenster meines Arbeitszimmers im ersten Stock auf das Meer hinausschaue. Das Haus steht an der Südseite, ich schaue also aufs Juister Wattenmeer. Drüben auf dem Festland liegt Norddeich, das ich aber nicht sehen kann, und die dunkelblauen Streifen der Memmertbalje und der Juister Balje, dazwischen das glitzernde Band des Nordlands. Ich sehe links drüben den Leuchtturm und rechts die Vogelinsel. Es ist ein beruhigender Blick. Beruhigender als auf der Nordseite, wo man auf die weite Nordsee hinaussieht und die Dünen sind und die Wellen an den Strand schlagen. Dort wird alles Mögliche angeschwemmt, sogar Leichen könnten es sein, das gefällt mir nicht.

Jedenfalls interessiere ich mich für Quantenphysik, und das ist schon ein seltsamer Zufall, dass der Psychologe, zu dem ich seit Neuestem gehe, drüben, in Norden, auf dem Festland, weil ich kaum noch Schlaf finde, ausgerechnet Schrödinger heißt. Wegen Schrödingers Katze, dem berühmten Gedankenexperiment aus der Quantenphysik, und er, der Psychologe, hat tatsächlich eine. Mehr ein junges Kätzchen, das auf seinem Schoß liegt und schnurrt und das er krault, mit wühlenden Fingern in dem flaumigen Fell, während ich ihm erzähle. Das stört mich manchmal und manchmal tut es mir fast körperlich wohl.

Warum mir die Sache mit Schrödingers Katze, also dem Gedankenexperiment des Physikers Erwin Schrödinger, nicht aus dem Kopf geht, warum sie mir so wichtig ist, dass ich sie überhaupt hier hinschreibe, weiß ich nicht. Ich weiß nicht, ob sie etwas mit diesem Schreiben oder meinen Schlafstörungen zu tun hat. Schrödinger hat mir empfohlen, meine Gedanken aufzuschreiben. Mehr so für mich selbst, aber wenn ich wolle, könne ich ihm auch daraus vorlesen.

Das werde ich wahrscheinlich nicht tun. Ich habe immer nur einen Termin in der Woche, die Fährfahrt zum Festland ist weit, und ich habe nur eine Dreiviertelstunde, da möchte ich Dringenderes mit ihm besprechen als diese Aufzeichnungen hier. Zum Beispiel meine Nervosität und die plötzlichen Heulkrämpfe, die ich bekomme. Die Tabletten, die mir der Neurologe verschrieben hat. Die Krankschreibung, wegen der sie mich auf der Insel schon scheel anschauen. Warten Sie's ab, hat er gesagt. Schreiben Sie sich an das Problem heran, hat er gesagt.

Welches Problem?

Er hat immer wieder nach meiner Vergangenheit gefragt. Ob es in meinem Leben schwierige Situationen oder schmerzliche Erlebnisse gegeben habe, einen tiefen Einschnitt oder so. Aber da gibt es nichts, das habe ich ihm versichert. Nur die Trennung damals von Franziska, aber das ist ja schon über zwanzig Jahre her.

Trotzdem will er, dass ich schreibe. Also schreibe ich halt.

Ich soll aus meinem Leben erzählen, sagt er. Ich soll einfach mal drauflosschreiben, und wir könnten dann gemeinsam versuchen, ein Muster darin zu erkennen. Was für ein Muster? Der Ansatz stamme von einem bekannten, inzwischen verstorbenen Schweizer Schriftsteller, Max Frisch, von dem ich noch nie etwas gelesen habe. In der Schule hatten wir den vielleicht, auf dem Gymnasium in Freising, ich kann mich da verschwommen an etwas erinnern, irgendein Ingenieur, der sich schließlich in seine eigene Tochter verliebt, ohne es zu wissen, so eine Art Ödipus, aber ich weiß nicht.

Ich war damals ja in der reformierten Oberstufe und hatte Deutsch als drittes Prüfungsfach, sprachlich konnte ich mich schon immer gut ausdrücken, und in Diktat und Aufsatz hatte ich früher immer eine Eins, also in diesem Deutsch-Grundkurs kam ich zum ersten Mal mit Franziska zusammen. Wir waren Freunde, weiter nichts. Dass wir zusammen waren, kam erst später. Als ich studierte, an der TU in München. Ich habe 1990 ein Studium zum Ingenieur für Wasserwirtschaft begonnen und es 1994 mit dem Diplom abgeschlossen.

Aber sollte ich nicht lieber am Anfang beginnen? Wie erzählt man aus seinem Leben? Da ist doch zuerst eine Art Lebenslauf nötig, damit man die Eckdaten kennt, oder? Aber ich kenne die Eckdaten ja, wieso soll ich sie hier noch einmal aufschreiben? Sie glauben, Ihr Leben zu kennen, sagt Schrödinger, aber schreiben Sie ruhig einmal das Bekannte und Vertraute auf. Wir werden dann gemeinsam sehen, ob sich ein Muster zeigt.

Was für ein Muster?

Vielleicht sollte ich einmal bei diesem Max Frisch nachschauen. Ich muss Schrödinger fragen, wo das bei dem steht.

Es ist ganz angenehm, hier am Rechner zu sitzen und zu schreiben. Durch die Krankschreibung habe ich ja jetzt viel Zeit und kann zuhause bleiben. Anne ist das auch ganz recht, dann passt jemand auf das Haus auf, während sie im Jugendheim ist.

Soll ich das jetzt erklären? Jugendbildungsstätte August Wilhelm Reutter e.V.? Wo Anne pädagogische Leiterin ist? Egal.

Jedenfalls kann ich im Haus schalten und walten, wie ich will. Es ist ein kleines Backsteinhaus direkt an der Billstraße, die hier bloß ein Weg aus Knochensteinen ist, weil ja sowieso kein Auto fährt. Weil auf der Insel kein Autoverkehr erlaubt ist und die Leute mit dem Fahrrad fahren oder die Pferdekutsche nehmen, besonders die Touristen.

Aber das ist doch alles Quatsch! Für wen schreibe ich das denn? Für mich, dachte ich. Dann kann ich mir die Erklärungen auch sparen. Oder ich habe das Gefühl, dass ich es noch für jemand anderen schreibe, einen außenstehenden Leser, einen Beobachter, oder jemanden, dem ich mein Leben erkläre. Das ist natürlich Blödsinn, aber vielleicht ist das beim Schreiben so. Vielleicht hat sich Schrödinger das so gedacht. Ich muss ihn fragen.

Ich sitze am Rechner, der Bildschirm steht auf meinem Schreibtisch am Fenster im ersten Stock, durch das ich aufs Watt hinausblicken kann. Das habe ich, glaube ich, schon geschrieben. Ich mache mir unten in der Küche einen Schwarztee, einen Ceylon Blatt, und trage das Tablett mit dem Stövchen, der Kanne und der Tasse mit ostfriesischem Rosenmuster die Wendeltreppe hinauf. Ich stelle das Tablett auf einem kleinen Tischchen ab, einem Teetischchen mit gedrechselten Füßen und Holzintarsien, und mache mich an die Arbeit.

Als Arbeit sehe ich das natürlich nicht. Anfangs, nach der Krankschreibung, hat es mich schon Mühe gekostet, nicht an meinen Job zu denken, nicht liegenbleibende Arbeit doch zuhause zu erledigen. Ich habe alle Programme, die ich brauche, auf meinem privaten Rechner, weil ich oft zuhause nochmal etwas nachrechnen muss, deshalb kann ich ihn auch von der Steuer absetzen. Dass ich jetzt hier sitze und Zeit habe und keine Berechnungen oder Ähnliches anstelle, ist ungewohnt. Aber mittlerweile gefällt mir das ganz gut. Ich wusste gar nicht, dass ich das kann: so nachdenken und ab und zu ein paar Sätze schreiben, aus dem Fenster schauen, die Zeit verstreichen lassen.

Die Zeit.

Was ist die Zeit?

Zeit ist relativ, sagt Einstein. Zeit ist eine vierte Dimension des Raums. Wenn es Tachyonen gibt, die schneller als Licht fliegen, dann bewegen sie sich rückwärts in der Zeit. Und für einen Astronauten, der mit Lichtgeschwindigkeit fliegt, steht die Zeit still. Was soll man davon halten, wenn man so am Rechner sitzt, den Ceylon FOP neben sich auf dem Stövchen, und über sein Leben nachdenkt?

Man glaubt zu wissen, was Zeit ist, aber wird man danach gefragt, kann man nicht sagen, was sie ist.

Die Sache mit Erwin Schrödingers Katze verhält sich so: In einer Kiste wird eine Menge radioaktiven Materials untergebracht, wovon innerhalb einer Stunde so viel zerfallen kann, dass höchstens ein Teilchen freigesetzt wird. Dieses Atom des Materials kann also in einer Stunde ebensogut zerfallen wie es nicht zerfallen kann. Das Teilchen wird, falls es freigesetzt wird, von einem Geigerzähler aufgefangen, der dann über ein Relais ein Hämmerchen auslöst, das eine Zyankalikapsel zertrümmert. In diese Kiste wird nun eine Katze gesetzt, die Kiste verschlossen und abgewartet.

Durch die Konstruktion aus radioaktivem Atom, Geigerzähler und Zyankalikapsel ist das Ganze ein geschlossenes, miteinander verschränktes System, einschließlich der Katze. Das Leben der Katze hängt also davon ab, ob innerhalb einer Stunde ein Atom zerfallen wird, also von einem quantenphysikalischen Vorgang.

Bei solchen Vorgängen im Innern der Atome kann man nur Wahrscheinlichkeiten angeben. Man weiß nicht, wann ein bestimmtes Atom zerfallen wird, man weiß nur, dass im statistischen Mittel nach einer bestimmten Zeit die Hälfte der Atome zerfallen sein wird. Die Wahrscheinlichkeit für ein Atom in der Kiste beträgt also jeweils fünfzig Prozent, dass es zerfallen oder dass es nicht zerfallen ist. Deshalb beträgt auch die Wahrscheinlichkeit jeweils fünfzig Prozent, dass die Katze lebt oder dass sie tot ist. Die

Katze befindet sich nicht in einem bestimmten Zustand, sondern in der Überlagerung zweier Zustände, nämlich dem des Totseins und des Lebendigseins.

Die Katze erfüllt, nach der Kopenhagener Deutung der Quantentheorie von 1927, die gesamte Kiste nicht als Objekt, sondern als Wahrscheinlichkeitsfunktion. Solange niemand in die Kiste hineinsieht, also niemand diese quantenphysikalisch verschränkten Vorgänge beobachtet, kann niemand sagen, in welchem Zustand sich das System befindet. Die Katze ist demnach weder tot noch lebendig oder sie ist beides zugleich. Schrödinger drückte das drastisch aus: Sie ist zu gleichen Teilen gemischt oder in der ganzen Kiste verschmiert.

Erst der Blick in die Kiste lässt, wieder nach der Kopenhagener Deutung, die Wahrscheinlichkeitsfunktion zusammenbrechen, beendet die Überlagerung und realisiert das Atom, die Kapsel und die Katze in einem bestimmten Zustand: Entweder findet man eine lebendige oder eine tote Katze.

Erst das Hineinschauen also tötet die Katze, oder noch verrückter: lässt sie rückwirkend gestorben sein. Bis dahin ist sie eine scheintote oder scheinlebendige Wahrscheinlichkeitswelle.

Das ist nach dem gesunden Menschenverstand so hirnrissig, wie Schrödinger es 1935 beabsichtigt hatte. Es ist ja nur ein Gedankenexperiment, das zeigen sollte, wie abstrus die Kopenhagener Deutung ist, wenn man sie von quantenphysikalischen auf makroskopische Vorgänge, also Geigerzähler, Zyankalikapseln und Katzen, überträgt.

Ich finde das Experiment trotzdem faszinierend. Erst in dem Moment, wenn ein Zuschauer von außen in das System eingreift, wird über den Tod der Katze entschieden. Zuvor kann sie alles sein, und niemand weiß es. Ist die Rückseite des Mondes da, auch wenn keiner hinsieht? Ist mein Haus da, auch wenn ich einkaufen gehe und es keiner anschaut? Ist jemand in der Vergangenheit gestorben, auch wenn ich nicht dabei war und es gesehen habe? Oder stirbt er erst in dem Augenblick, da ich die Vergangenheit ansehe, in die Kiste schaue?

Ich habe Schrödinger davon erzählt. Ich habe gemerkt, dass er damit nicht viel anfangen kann. Ich solle mich weniger um die Katzen seines Namensvetters kümmern, als darum, mein Leben zu erzählen, sagt er.

Aber mich lässt diese Katze in der Kiste nicht los. Irgendwas daran begeistert mich. Vielleicht, dass die Wirklichkeit nicht das ist, was wir von ihr meinen. Dass nichts so festgelegt und bestimmt ist, wie wir tagtäglich glauben.

Jedenfalls, für mich ist klar, dass ich nicht in die Kiste schauen würde; dann hätte die Katze wenigstens noch eine Chance, am Leben zu sein.

Manchmal sitze ich auf dem Sofa unten im Wohnzimmer und weiß nicht mehr weiter. Wirklich: Ich weiß nicht mehr, was ich tun soll. Mir ist nicht bloß langweilig, nein, alles, was mir einfallen würde zu tun, ergibt keinen Sinn mehr. Ich kann es tun oder auch lassen, es bewirkt nichts, es führt zu keinem Gewinn oder Erfolg oder auch nur zu einem guten Gefühl. Alles ist gleichgültig. Dann lasse ich es lieber. Ich will mich gerade auf nichts einlassen, lieber so sitzen und aus dem Fenster schauen, den Wolken zuschauen, wie sie über dem Watt ziehen, den wechselnden Lichtstimmungen, den Regen, die grau und düster kommen, den Spaziergängern auf der Billstraße.

Ja, diese Spaziergänger gehen, als hätte das bloße Gehen für sie einen Sinn. Sie leben ein Leben, das ihnen gehört und von dem sie nicht im Traum denken würden, dass es verlorengehen könnte. Ich beneide sie darum. Man lernt erst schätzen, was man hat, wenn man es nicht mehr hat. Mir ist das früher nie aufgefallen, wie selbstverständlich und leichthin man herumgeht und sein Leben besorgt, sich nie fragt: Wozu eigentlich? Was kommt am Ende dabei heraus? Ist es der Mühe wert?

Diese Selbstsicherheit, diese Unbekümmertheit habe ich verloren. Ich habe mein altes Leben verloren und noch kein neues bekommen. Ich weiß nicht mehr, wozu ich aufstehen und mich waschen, wozu ich mir die Zähne putzen und mich rasieren und anziehen soll. Wozu ich nach unten in die Küche gehen und mir einen Becher Tee machen soll.

Der Becher Tee ist noch das Einzige, was mich aufrechthält. Ich freue mich darauf. Es ist ein fester Punkt in meinem Tageslauf, und wenn ich ihn getrunken habe, befällt mich die Angst, dass jetzt nichts weiter kommt.

Ich rasiere mich nicht mehr. Anne meint, ich sehe verwegen aus. So fühle ich mich gar nicht. Ich fühle mich bloß müde, ausgebrannt, leer. Anne meint, da ich jetzt so viel zuhause sei, könne ich doch einkaufen und Essen kochen, bis sie abends von der Arbeit komme. Ich könne auch die Sachen am Haus erledigen, die schon lange anstehen.

Zuerst war ich empört, weil ich doch krankgeschrieben bin. Vielleicht hat sie ja recht. Sie meinte, das werde mir sicher guttun. Was die Leute sagen, wenn ich als Kranker draußen herumlaufe und einkaufe und Wäsche wasche und die Dachrinne ausputze, weiß ich nicht. Es gibt sowieso schon Gerede.

Heute habe ich eingekauft. Es soll Labskaus geben und Spiegeleier und rote Beete. Darauf hatte ich Appetit. Und ein gutes Bier dazu. Schon lange habe ich kein Bier mehr getrunken, überhaupt kaum Alkohol. Mal ein Glas Wein zum Essengehen oder einen Whisky am Abend zu einem schönen Film. Aber Bier, zum Durstlöschen? Dazu war Mineralwasser viel besser, oder wie man in meiner Heimat sagt: Sprudel.

Sprudel. Ein komisches Wort. Der Sprudel. Der Sprudel kommt aus dem Fels, sprudelt und gischtet in seinen natürlichen Trog, perlt und schäumt; man tunkt seinen Kopf hinein, bis es eisig schmerzt; man schöpft die Hände voll und trinkt daraus.

Sprudel.

Lebendiges Wasser.

Beim Zeitschriftenhändler habe ich mir gestern einen Zigarettentabak gekauft, einen zum Rollen. Und Papierchen. Ich hatte Lust zu rauchen.

Anne schüttelte den Kopf. Das Rauchen hatte ich seit dem Umzug nach Kiel aufgegeben. Und selbst gedreht habe ich seit damals an der TU nicht mehr. Franziska hat mich aufgezogen, weil meine Zigaretten immer dünn und krumm wurden.

Ich habe nach dem Tabak gefragt, den ich damals geraucht habe, aber den gibt es nicht mehr. Schade. Hab ich halt einen anderen genommen, einen Halfzware, die hab ich früher gemocht. Aber ich rauche nicht auf Lunge, das könnte ich gar nicht mehr. Ich inhaliere den Rauch so halb, paffe mehr, der Rauch beißt in den Augen und gibt einen würzigen Duft im Zimmer. Ich darf nur in meinem Arbeitszimmer rauchen, Anne mag das nicht. Und draußen rauchen ist bei dem Wind, der meistens geht, ziemlich witzlos.

So sitze ich jetzt in meinem Zimmer am Rechner, schaue aus dem Fenster und rauche. Vielleicht drei, vier Zigaretten am Tag. Immer wenn mir beim Schreiben nichts mehr einfällt. Der Gestank nach einem Tag, wenn ich morgens aus dem Bad hereinkomme, hat etwas Bedrohliches, das ist merkwürdig. Einerseits riecht es wie damals in Franziskas Dachzimmer, während des Studiums in München, und das macht mich irgendwie froh. Andererseits hat es etwas von Verwahrlosung, von Chaos und Rücksichtslosigkeit, an die Tabaksaftflecken an den Fingern und die Raucherzähne muss ich denken, und morgens hereinzukommen, wenn die Asche kalt geworden ist und stinkt, ist trostlos.

Aber es ist mein Zimmer. Ich lüfte morgens, und nach der ersten Zigarette rieche ich es nicht mehr. Anne will gar nicht mehr hereinkommen, sie zieht die Nase hoch, und dann denke ich einfach: Dann bleib halt draußen.

Oft weiß ich nicht weiter. Ich bin dann ganz froh, wenn es etwas zu tun gibt, das Abendessen vorbereiten oder einkaufen oder die Verandamöbel reinigen. Obwohl ich solche Sachen ohne Freude mache. Ich tue sie, damit ich etwas zu tun habe, ich könnte sie genausogut lassen, aber weil sie anstehen, mache ich sie.

Wenn ich dann wieder auf dem Sofa oder am Rechner sitzen kann und die Leere, das Nichtstun mich wieder einfängt, bin ich erleichtert und denke, dass ich nun wieder zum Wesentlichen komme. Aber was soll am Herumsitzen und aus dem Fenster Schauen wesentlich sein?

Auch das Schreiben ist nichts Wesentliches. Ich tue es einfach, und wie der morgendliche Becher Tee gibt es mir einen festen Anhalt im Tageslauf. Aber manchmal lasse ich die Hände sinken und gebe die Tastatur frei, als sollte sie von selbst weiterschreiben, und die Leere ist wieder da, die Sinnlosigkeit. Jedes Wort, das ich dann schreibe, ist sinnlos und hohl, überflüssig, aber weil alles keinen Sinn hat, kann ich auch Überflüssiges tun.

Ich kann nicht einfach von meinem Leben erzählen. Das langweilt mich. Ich will nicht über mein Leben nachdenken. Es ist alt und verbraucht und fühlt sich jetzt so an, als wäre es schon vorbei. Das Einzige, was mich ein bisschen reizt, sind die Geschichten aus der Studienzeit, so eine Art Nostalgie. Ich wollte nicht wieder zwanzig sein, auf keinen Fall, und ich denke auch nicht, dass mein Leben damals sinnvoller war als heute. Aber es war irgendwie witziger, bunter, interessanter, es war etwas darin, was heute fehlt.

Schrödinger würde mich fragen: Was fehlt denn?

Der Sprudel, würde ich sagen.

Ein Lebenslauf. Ausformuliert. *Curriculum vitae*, sagte mal ein Professor damals an der TU. Ich habe nie tabellarische Lebensläufe geschrieben, mir gefielen ausformulierte besser. Wo fängt man an mit dem Erzählen seines Lebens? Am Anfang. Das nähme sich dann so aus:

Ich wurde als drittes Kind des Wachstuchfabrikanten Rudolf Schrödinger und der Emilia Brenda am 12. August 1887 in Wien geboren. Mein Großvater mütterlicherseits war ein berühmter Chemieprofessor an der k.u.k. Technischen Hochschule. Mein Vater war katholisch, meine Mutter protestantisch, aber wir Kinder wurden evangelisch aufgezogen.

Mit zwölf Jahren ging ich auf das Akademische Gymnasium in Wien und studierte danach, von 1906 bis 1910, Mathematik und Physik am Wiener Physikalischen Institut. Daselbst Habilitation.

Den Weltkrieg überlebte ich und folgte danach Berufungen an die Universitäten Jena, Stuttgart, Breslau und Zürich. Hier hatte ich den Lehrstuhl für Theoretische Physik inne, den zuvor Albert Einstein vertreten hatte, und formulierte die nach mir benannte berühmte Gleichung, mit der ich die Wellenmechanik als Beschreibung der Quantenphysik begründete.

Am sechsten April 1920 heiratete ich Annemarie Bertel, mit der mich bis heute ein zärtliches Angedenken verbindet.

Sieben Jahre später trat ich die Nachfolge von Max Planck an der Friedrich-Wilhelms-Universität in Berlin an. Im Jahr der Machtergreifung Hitlers verließ ich Deutschland und bekam eine Stelle am Magdalen College in Oxford, wo mir im selben Jahr der Nobelpreis verliehen wurde. Das ebenfalls berühmte, nach mir benannte Gedankenexperiment erfand ich 1935.

Wie es dazu kam, dass ich 1936 nach Österreich zurückkehrte, aber zwei Jahre später erneut meine Heimat verlassen musste und 1943 in Dublin am Trinity College meine bekannten *Schrödinger lectures* gab, tut hier nichts zur Sache.

Jedenfalls kehrte ich 1956 nach Wien zurück und lehrte dort bis zu meinem Tod am Institut für Theoretische Physik der Universität Wien. Ich starb am 4. Januar 1961 an Tuberkulose. Begraben wurde ich wunschgemäß in Tirol, wo ich an den Hochschultagen teilgenommen und es mir zu Lebzeiten außerordentlich gefallen hatte.

Was ist das für ein Ton? Der übliche Ton von Biografien? Der amtliche Lebenslauf-Ton? Wie absurd das wird, wenn einer tot ist, wenn einer sich selber zu Ende schreibt! Ich muss mir meine alten Lebensläufe nochmal anschauen. Wie habe ich damals geschrieben? Ich brauchte ja, glaub ich, nur zwei zu schreiben. Der letzte auf die Stelle hier in Norden ist zehn Jahre alt.

Ich wurde als einziges Kind des Einzelhandelskaufmanns Otto Theodor Eder und der Hausfrau Roswitha Eder, geb.

Zierngiebl, am 15. November 1968 in Pulling, Kreis Frei-sing geboren – was für ein banaler Blödsinn! So kann ich jedenfalls nicht aus meinem Leben erzählen.

Lebenslauf. *Curriculum vitae.* Altmodisch. Wo soll ich einen Lebenslauf für mich hernehmen? Ich werde einen erfinden müssen. Vielleicht erfindet man sein Leben immer.

Schrödinger will einen Lebenslauf? Dann soll er einen bekommen. Wird schon sehen, was er davon hat.

Franz Wilhelm Sternbald wurde am 31. Dezember 1963 als siebentes von dreizehn Kindern geboren, im Regen der Raketen und Feuersterne, die seine erste Erinnerung ausmachen. Sein Vater Freimut Stern-bald war Diplomat im Fürstentum Liechtenstein, seine Mutter Laetitia eine gefeierte Sopranistin.

Früh entwickelte er eine tiefe Zuneigung zu sei-ner nächstälteren Schwester Franziska, die im Alter von neunzehn Jahren in eine Haftstrafe wegen In-zucht mündete.

In der Grundschule schrieb er fantasievolle Auf-sätze, die die Bewunderung seiner Lehrerin hervor-riefen, und im Gymnasium verblüffte er das Kollegi-um mit seinem umfassenden Verständnis der Schrö-dinger-Gleichung.

Im Jahr 1983 verließ Franz seinen Geburtsort und begann ein Globetrotterleben, das ihn durch die ganze Welt führte. Er lebte in Thailand in einem buddhistischen Tempel, trat im Orient einem Derwisch-Orden bei, erlebte die Wirren des kongolesischen Bürgerkriegs und zog in Hongkong einen internationalen Gewürzhandel auf. Als er in Valparaiso die Reederei seines Großonkels übernahm, kam es zu einem vollständigen Familientreffen, bei dem er wehmütige Heimatgefühle nicht unterdrücken konnte.

Im Jahr 2002 ergriff er die Laufbahn eines erfolgreichen Schriftstellers und veröffentlichte zwei Jahre darauf mit dem Roman *Franz Sternbalds Wanderungen* einen Bestseller. Er heiratete seine Cousine Françoise und lebt seither als Kosmopolit und Berater für Quantenheilung auf Sansibar.

Diese biografische Darstellung fand ausdrücklich seine Billigung.

Morgens bleibe ich jetzt lange im Bett. Ich finde keinen Grund aufzustehen. Ich schlafe bis sieben, bis Anne aufsteht, dann, wenn sie weg ist, schlafe ich wieder ein. Die letzten Stunden döse ich herum, habe intensive, aber wirre Träume und komme nicht in den Tag hinein. Gegen zwölf stehe ich dann auf, aber nur deshalb, weil ich das Herumdösen und Träumen nicht mehr aushalte. Ich mache mir einen Becher Tee, einen Assam im Beutel etwa, und rauche. Meistens zwei Zigaretten. Ich schalte den Rechner ein und lese, was ich gestern geschrieben habe. Oder auch nicht.

Oft sitze ich am Rechner und weiß nicht, was ich schreiben soll. In meinem Kopf ist es wüst und leer. Tohuwabohu. Nein, es ist eigentlich nicht leer. Es herrscht ein Knäuel von Gedanken, Bildern und

Stimmungen. Lauter Fäden baumeln heraus, und wenn ich einen von ihnen zu fassen kriege und daran ziehe, schnürt sich das Knäuel noch enger zusammen.

Morgen ist Mittwoch. Da fahre ich wieder nach Norden, zu Schrödinger. Dann werde ich ihn nach diesem Max Frisch fragen und danach, ob es normal ist, dass einem beim Schreiben immer einer zuschaut.

Ein weiterer Lebenslauf:

Robert Rede war der zweite Sohn des Werkmeisters Karl Rede und der Hausfrau Else Rede, geb. Jenssen. Er wurde am 23. Juni 1981 in Bremen geboren und brach sich bei der Geburt den rechten Arm, was aber aufgrund einer Fehleinschätzung der Hebamme erst einen Tag später entdeckt wurde.

Robert Rede war in der Grundschule immer ein Außenseiter, was sich im Gymnasium fortsetzte. Er behauptete eine Sonderstellung aufgrund seiner herausragenden Leistungen und fand nur wenige Freunde. Dort lernte er Maria Koch kennen und zog mit ihr nach dem Abitur zusammen. Beide begannen ein Studium an der Universität Bremen, er mit den Fächern Theologie und Germanistik. Er trat aus der Kirche aus, verweigerte den Kriegsdienst mit der Waffe, verließ jedoch vor der Verhandlung vor dem Landesgericht seine Heimat und suchte in der Südsee sein Glück. In Samoa allerdings, einer Station seiner Anreise, scheiterte sein Ausstieg, weil das Reisebüro ihm in betrügerischer Absicht ein ungültiges Flugticket verkauft hatte.

Nach seiner Rückkehr war er ohne Orientierung. Maria Koch hatte inzwischen ein Verhältnis mit seinem engsten Freund begonnen, den sie später auch heiratete. Robert Rede versuchte erfolglos, als Förster, Kapitän und Zimmermann unterzukommen, bevor er sein begonnenes Studium wiederaufnahm.

Er verweigerte sich zunehmend dem Studienbetrieb, den an ihn gestellten Forderungen einer konventionellen Bildungskarriere und der kommerziell geprägten Leistungsgesellschaft in Deutschland. Nach nur zwei Jahren brach er das Studium ab, lebte eine Zeit lang von Gelegenheitsarbeiten und staatlicher Unterstützung, bis er 1986 unter einem Fernzug der Deutschen Bundesbahn sein frühes Ende fand.

So kann ich das nicht stehen lassen. Es gibt immer Alternativen. Wer weiß, welche versteckten und offenen Weichenstellungen einen Lebenslauf so willkürlich, so zufällig erscheinen lassen. Also:

Robert Rede war der zweite Sohn des Werkmeisters Karl Rede und der Hausfrau Else Rede geb. Jenssen. Er wurde am 23. Juni 1981 in Bremen geboren und brach sich bei der Geburt den rechten Arm, was aber aufgrund der Besorgnis des Vaters früh genug entdeckt wurde.

Als Kind zogen ihn besonders Zoologische Gärten und Häfen an, und sein Vater unternahm mit ihm ausgedehnte Wanderungen in der Umgebung Bremens. Seine Vorstellung von der großen weiten Welt hat dort nach eigenem Angaben ihren Ursprung.

Robert Rede nahm in der Grundschule immer eine besondere Stellung ein, was sich im Gymnasium aufgrund seiner herausragenden Leistungen fortsetzte. Er lernte dort Maria Koch kennen und zog mit ihr nach dem Abitur zusammen. Beide begannen ein Studium an der Universität Bremen, er mit den Fächern Theologie und Germanistik. Er trat aus der Kirche aus, verweigerte den Kriegsdienst mit der Waffe, verließ Deutschland jedoch vor der Verhandlung am Landesgericht und suchte in der Südsee sein Glück.

Bereits während des Studiums hatte er sich zunehmend dem Studienbetrieb, den an ihn gestellten Forderungen einer konventionellen Bildungskarriere und der kommerziell geprägten Leistungsgesellschaft in Deutschland verweigert.

Er schlug sich bis nach Rangiroa durch, wo er als Perlentaucher sein Auskommen fand. Im Jahr 1986 konnte er eine eigene Perlenzucht aufbauen. Er lernte die Französin Etiénne Neuville kennen und heiratete sie nach einheimischem Ritus 1990.

Aufgrund seiner Kontakte mit dort tätigen Missionaren fand er drei Jahre später zum evangelischen Glauben zurück.

Er lebt auf Rangiroa glücklich und zufrieden und hat nach eigenem Bekunden keinerlei Absicht, nach Deutschland zurückzukehren.

Alternative Leben. Das habe ich manchmal. Ich möchte es ein Phänomen in meinem Leben nennen. Ich betrachte Menschen neben mir auf der Straße oder irgendwelche im Fernsehen, sehe eine Frau mit ihrem Kind an der Hand spazierengehen oder einen Touristen an der Mole aussteigen, und plötzlich fällt mir eine Geschichte dazu ein. Es ist wie ein Bild, das plötzlich in meinem Kopf entsteht. Ich sollte mal prüfen, ob es nicht Hellseherei ist, ich habe die Leute nie danach gefragt.

Es ist auch nicht wirklich eine richtige Geschichte. Es ist wie der Ausblick in ein anderes, fremdes Leben. Ich stelle mir vor, wie dieser Mensch Kaffee trinkt und aufs Klo geht, wie er einkauft und Essen kocht, wie er mit jemandem schläft und sich etwas sehnlichst wünscht und wie er am Grab eines Toten steht. Ein ganz anderer Mensch als ich. Das fasziniert mich.

Dann kommt mir das so überzeugend vor, dass ich dieser Mensch sein könnte. Als wären das alles Möglichkeiten meiner eigenen Existenz. Als hätten nur manche Weichen anders gestellt werden oder manche Bedingungen anders gewesen sein müssen, und mein Leben würde so aussehen wie das dieses Menschen.

Das täuscht sicher, denn von außen sieht man einem Menschen sein Leben ja nicht an. Aber dieses Grundgefühl, dass mein Leben ein zufälliges Faktum, herausgezogen aus tausend Möglichkeiten ist, ja, dass vielleicht irgendwo diese Alternativen weiterexistieren und ich in Wirklichkeit gar nicht der bin, für den alle einschließlich meiner selbst mich halten, dieses Gefühl setzt sich fest in mir und macht mir alles unwirklich.

Was heißt unwirklich – *möglich!* Die ganze Welt wimmelt von Möglichkeiten, überall regen sich die

Keime möglicher Geschichten, überall werden Weichen gestellt, überall spalten sich Parallelwelten ab, und ich gehe darin herum in dieser unbestimmten Welt und bin frei, vollkommen frei. Ich kann jeden Augenblick wählen und in jeder Sekunde mein Leben ändern. Das ist ein tolles Gefühl.

Wie soll ich das in einen Lebenslauf packen?

Ich bin jetzt vierundvierzig. Einerseits ist das eine verdammt lange Zeit. Viel ist passiert, viel habe ich gesehen, viel erlebt, erlitten, viel Freude und Glück und viel Alltagstrott und Stumpfsinn. Ein halbes Leben halt. Andererseits waren die ersten zwanzig Jahre die längsten, und wenn ich mir die zweiten zwanzig anschaue, wie viel schneller sie vergangen sind als die ersten, und wenn ich hochrechne, dass mir noch höchstens zweimal zwanzig bleiben, und wenn ich mir klarmache, dass zehn Jahre keine Zeit sind und die Jahre sowieso immer schneller vergehen, dann – ja, dann muss ich sagen, dass das Meiste schon vorbei ist.

Kindheit, Jugend, Studium – das waren die prägenden Jahre. Da hat sich so etwas wie ein Leben eingestellt, hat sich ein Bild geformt. Da habe ich begriffen, dass ich ein einzigartiger Mensch bin und niemand mir mein Leben abnehmen kann. Der Rest ist die bloße Ausführung des Plans, das Durchlaufen des Programms, das damals entworfen wurde.

Ich weiß nicht, ob das Programm von Anfang an, also vor der Geburt, schon feststand. Ich weiß nicht, ob ich an so etwas wie Schicksal oder Gott glaube. Aber ich weiß, dass in den ersten zwanzig Jahren eine Blaupause entstanden ist von dem, was ich für mein Leben zu halten hätte, und ich weiß, dass ich daraus nie herausgekommen bin.

Oder stimmt das nicht? Gab es nicht doch einen Wendepunkt, eine lebenswichtige Entscheidung, ein Entweder-Oder? Hätte mein Leben ganz anders verlaufen können?

Aber wann soll das gewesen sein? Damals, in München an der TU? Es kommt mir manchmal so vor, aber wer will das nach all den Jahren wissen?

Ich habe das Gefühl, dass nicht mehr allzuviel kommt. Das klingt verbittert für einen Mann Mitte Vierzig. Aber gerade die Tatsache, dass ich herausgerissen worden bin aus dem Leistungsprozess, in dem ich tagtäglich stecke, dass ich plötzlich über mein Vermögen und meine Kräfte nachdenken kann, führt mir vor Augen, wie absehbar alles ist. Was soll sich schon groß verändern?

Ich werde arbeiten bis zur Rente, wann immer die nun sein wird, wahrscheinlich erst mit siebenundsechzig. Fünf Jahre später wird Anne soweit sein, sofern sie nicht früher aufhört. Wir werden das Haus hier haben, das Alter auf der Insel, werden vielleicht reisen, wenn wir wollen, nach Süddeutschland, meine Heimat einmal wiedersehen, oder nach Skandinavien, die Südsee werde ich nie sehen und für einen Karibikurlaub wird es auch nicht reichen.

Gern wäre ich einmal mit den Inuit auf die Jagd gegangen, im Robbenhautkajak, wenn es das noch gibt, oder hätte mich durch den Amazonasdschungel geschlagen und mir wahrscheinlich Bilharziose oder sonst was Fieses geholt. Ich hätte gern eine schwüle Gewitternacht in Bangkok erlebt und einen wundervoll leichten Morgen in Sydney, ich hätte gerne Xanadu gesehen und Angkor Watt und was weiß ich noch, lauter so Zeug, das ist zwar nicht alles unmöglich, aber eben doch unwahrscheinlich.

Warum machen wir es nicht einfach?

Anne will das nicht, das ist ihr zu weit weg, zu fremd, zu extrem. Als wollte ich auf den Everest steigen. Obwohl, wenn ich so überlege: Dort oben soll der Himmel tagsüber ja eher schwarz sein als blau, und der Wind ist das einzige Geräusch, die Luft so dünn, das sie einem den Atem nimmt, und wenn man dann steht und lauscht und nichts mehr will, dann hört man den Klang des Berges, das Lied der Mutter der Erde.

Also, ich müsste Anne überreden oder allein fahren. Das will ich, glaube ich, nicht. Und dann müssten wir natürlich an allen Ecken und Enden sparen, wir müssten unseren ganzen Lebensstandard ändern, und das Haus schluckt ja auch viel, man steckt dauernd rein und kriegt nichts raus, und dann finde ich es wieder schade, auf alles zu verzichten, nur um einmal im Jahr ein paar Wochen etwas Außergewöhnliches zu erleben.

Manche verkaufen alles, kaufen sich eine Segelyacht und fahren einfach los. Ankern vor den Jungferninseln oder vor Madagaskar. Ich glaube, das könnte ich nicht. Ich brauche doch eine gewisse Grundsicherheit, wie man das nennt, eine Regelmäßigkeit, eine Ordnung. Ich bin kein Typ für Chaos oder Spontaneität. Aber vielleicht rede ich mir das auch nur ein.

Vielleicht sind es genau solche Ausreden, die das Programm erfüllen. Vielleicht ist man gerade darauf festgelegt worden, in den ersten zwanzig Jahren. Vielleicht sind es gerade solche Ansichten, die es einem so schwer machen, auszubrechen. Etwas zu verändern. Lieber lässt man sich in diese Absehbarkeit hineinsinken, lieber lässt man sich im Strom treiben und wartet ab, was kommt.

Aber es kommt nichts. Das ist es ja. Es kommt nichts als das, was immer kam. Es sei denn, man hat Glück und wird herausgerissen. Ein Lottogewinn, die immer erträumte Liebe, eine Krankheit.

Alternative Leben. Wenn schon, dann richtig:

Robert Rede war der zweite Sohn des Werkmeisters Karl Rede und der Hausfrau Else Rede, geb. Jenssen. Er wurde am 23. Juni 1981 in Bremen geboren; es war eine leichte Geburt ohne Komplikationen.

Als Kind zogen ihn besonders Zoologische Gärten und Häfen an, und sein Vater unternahm mit ihm ausgedehnte Wanderungen in der Umgebung Bremens. Seine Vorstellung von der großen weiten Welt hat dort nach eigenen Angaben ihren Ursprung.

Robert Rede war ein fantasievolles, begabtes, aufgeschlossenes Kind, dem es leicht fiel, Freunde zu finden. In der Grundschule nahm er aufgrund seiner guten Leistungen eine besondere Stellung ein, was ihm aber niemand neidete. Im Gymnasium lernte er Maria Koch kennen und zog mit ihr nach dem

Abitur zusammen.

Beide begannen ein Studium an der Universität Bremen, er mit den Fächern Theologie und Psychologie. Er fühlte sich der Kirche immer verbunden, auch wenn er nicht im strengen Sinne gläubig war. Er verweigerte den Kriegsdienst mit der Waffe, wurde in der ersten Verhandlung anerkannt und leistete seinen Ersatzdienst in der evangelischen Hochschulgemeinde der Uni Bremen ab.

Danach heiratete er Maria Koch.

Bereits während des Studiums hatte er sich zunehmend dem Studienbetrieb, den an ihn gestellten Forderungen einer konventionellen Bildungskarriere und der kommerziell geprägten Leistungsgesellschaft in Deutschland verweigert. Er baute sich deshalb innerhalb von fünf Jahren eine Lebensberatungspraxis auf und half vielen Menschen mit Problemen und in Sinnkrisen; seine Frau unterstützte ihn dabei.

Im Lauf ihrer Ehe hatten sie drei Kinder.

Heute lebt er mit seiner Frau zufrieden und mit sich im Reinen auf Juist, wo er nach eigenem Bekunden die Ruhe genießt, die Nähe zur Natur und die Freundlichkeit der Menschen.

Es sei gut möglich, sagt er, dass er im Ruhestand noch einmal aufbrechen und nach Tibet reisen werde, um den Potala zu sehen und vielleicht dem sagenhaften Yeti zu begegnen.

Heute morgen blieb ich wieder bis um zwölf im Bett liegen. Wenn Anne aus dem Haus geht, stehe ich schon gar nicht mehr auf. Ich halte die Vorhänge geschlossen, weil ich nicht will, dass der Tag beginnt.

Ich habe nicht nur keinen Grund aufzustehen, ich habe richtig Angst davor. Der Tag liegt wie ein Berg vor mir, oder besser: wie eine weite, leere Ödnis, in der ich verlorengehen kann.

Die Angstzustände werden häufiger. Ich habe mit Schrödinger darüber gesprochen und auch mit dem Neurologen in Norden. Ich solle, wenn ich es für nötig halte, die Dosis erhöhen. Die modernen Angstlöser seien differenziert entwickelt und hätten heutzutage keine sedierende Wirkung mehr.

Als Erstes mache ich mir einen Becher Tee. Ich nehme ihn mit hinauf ins Arbeitszimmer und rauche zwei Zigaretten dazu. Inzwischen habe ich entdeckt, dass in einem der Satellitenprogramme alte Fernsehserien wiederholt werden, alle Folgen. Ich habe mich mal hingesetzt und reingeschaut und bin an den Waltons hängengeblieben.

Ausgerechnet die Waltons. Die habe ich mit vierzehn immer geguckt, abends, bevor der Hauptfilm kam. Mutter wollte das immer sehen, und ich fand es damals sehr heimelig, später dann furchtbar kitschig und spießig.

Was für ein Niedergang, dachte ich zuerst, als ich da im Wohnzimmer saß und die Waltons aus der Kinderzeit anschaute. Aber so schlecht sind die Folgen gar nicht. Eine große Familie, Zusammenhalt, jeder trägt dazu bei, Weltwirtschaftskrise und John-Boy, der junge Schriftsteller – das hat was.

Ich habe mir dann den kleinen Fernseher aus dem Gästezimmer in mein Arbeitszimmer geholt und kann jetzt beim Fernsehen rauchen und meinen Tee trinken. Ich sitze dann in dem großen Sessel, trinke meinen Becher, rauche zwei, drei Zigaretten.

Das könnte zu meinem Morgenritual, oder besser: Tagesanfangsritual werden.

Oft setze ich mich danach an den Rechner. In die Küche oder an Hausarbeiten wage ich mich noch nicht. Ich bin viel zu störbar; manchmal deprimiert mich beim Staubsaugen oder beim Fußbodenwischen der Gedanke, dass doch alles wieder dreckig wird und man es sowieso nicht wirklich sauber kriegt. Ich wische mit dem Lappen in der Ecke zweimal, dreimal, und immer noch bleibt was hängen, oder der Lappen wischt bloß nasse Staubflusen und Haare auf den Badezimmerfliesen herum – mich widert das richtig an. Es macht mich hoffnungslos. Es hat alles keinen Sinn.

Deshalb kann ich das erst, wenn ich mich einigermaßen in den Tag hineingefunden habe. Vorher muss ich mich an den Rechner setzen.

Ich schreibe meist nicht gleich. Ich schaue aus dem Fenster. Wenn das Wetter besonders ist, gibt mir das Mut und Halt. Dann freue ich mich fast aufs Schreiben. Aber wenn es grau und verhangen ist, der Himmel nicht vom Watt zu unterschieden, keine ziehenden Wolken, nur so ein stumpfes, schmerzloses Licht, dann finde ich keinen Anfang.

Manchmal denke ich, dass es gut wäre, rauszugehen, unter Menschen. Aber da draußen vor der Haustür ist es auf einmal so bedrohlich und leer, mir kribbelt die Haut, wenn ich bloß daran denke, mich dem auszusetzen. Da helfen auch die Menschen nichts. Das sind nur dumpfe, in sich verschlossene Gestalten, die herumgehen, jeder in einer Welt, die nicht meine ist. Die ganze Welt ist nicht mehr meine, ich bin herausgefallen und lebe im Zwischenreich.

Dann schaffe ich es kaum, Brötchen zu holen oder den Müll zu leeren.

Das nimmt zu. Nein, es sind nicht nur die Schlafstörungen. Es ist mehr. Manchmal habe ich ein schlechtes Gewissen, krankgeschrieben zu sein, und denke, dass ich sehr wohl arbeiten könnte, ich müsste mich nur zusammenreißen. Aber dann, wenn mich die Angst packt, oder nein, sie packt mich nicht, sie sitzt in mir drin und breitet sich aus, erfüllt mich, macht mir die Glieder zittrig und lässt mir das Herz bis zum Hals klopfen, und gleichzeitig ist alles bleischwer und völlig aussichtslos, so trostlos, dass mich manchmal die Panik überfällt und ich ausbrechen will, du musst da raus, denke ich, das bringt dich um, aber ich weiß nicht wie und wohin – nein, das ist schon schlimm. Dann weiß ich, dass ich nicht arbeiten könnte. Dass ich zurecht zuhause sitze. Aber eine Gastritis oder eine Lungenentzündung wäre mir lieber.

Die Fährfahrt gestern zu Schrödinger hat mich ungeheure Überwindung gekostet. Wieder unter Leuten sein, grüßen, Fahrkarte vorzeigen, so tun, als wäre es ein ganz normales Leben – ich musste mich auf jeden Augenblick konzentrieren, als könnte ich durch die Maschen fallen, als würde die Wirklichkeit mich nicht tragen.

Ich verstehe gar nicht, wie ich das während der Arbeit dauernd konnte, jeden Tag, zweimal mit der Fähre von Juist nach Norddeich und am Abend zurück, als wäre das nichts!

Davon habe ich Schrödinger nichts erzählt. Davon erzähle ich auch Anne nichts. Wenn ich dann nicht eingekauft oder die Wäsche gewaschen oder geputzt habe, sage ich einfach, mir gehe es nicht gut. Sie schaut mich skeptisch an, sagt aber nichts. Ich weiß nicht, ob sie mir das abkauft. Ich kann ja schlecht sagen, dass ich Angst habe, den Staubsauger in die Hand zu nehmen, weil das wieder ein Kampf bedeutet, ein Kampf gegen die Verwahrlosung, die Unordnung, die Entropie oder was weiß ich. Ein aussichtsloser Kampf. Dazu habe ich gerade nicht die Kraft.

Bloß am Rechner, beim Schreiben, da spüre ich so etwas wie Energie aufkommen. Es tut gut, einfach so zu schreiben und zu erzählen.

Das hat Schrödinger auch gesagt: Erzählen Sie Ihr Leben neu! Dichten Sie es um! Erfinden Sie andere Leben! Erfinden Sie Geschichten, lassen Sie Ihrer Fantasie freien Lauf! Und wenn Sie zum Geschichtenerfinden einmal eine Anregung brauchen, lassen Sie es mich wissen!

Ich weiß nicht, was er damit meint. Ich erfinde mein Leben nicht neu. Ich denke mir bloß Sachen aus, weil ich sonst nichts zu schreiben weiß. Oder weil es Spaß macht, weil es mich ablenkt.

Schreiben als Therapie. Das hätte mir vor vier Wochen auch keiner erzählen dürfen.

Ich habe ein Bild von Anne neben dem Bildschirm stehen. Da sieht sie richtig gut aus. Das schmale Gesicht, die hellen Augen, der Pagenschnitt, die Lippen mal ohne Lippenstift. Das habe ich, glaube ich, selbst aufgenommen, in Bremerhaven damals,

als wir uns kennenlernten. Irgendwie merkwürdig, dass gerade sie es nun ist, mit der ich mein Leben teile.

Wie viele Verflossene gibt es in meinem Leben? Nicht viele. In der Grundschule die erste, dann einige im Gymnasium, aber an die Namen kann ich mich nicht erinnern. Habe ich von Franziska eigentlich noch ein Foto? Ich muss mal nachschauen.

Nein, ich habe keines mehr. Habe ich wohl alle verbrannt damals, als es auseinanderging. Merkwürdig, dass so gar nichts mehr aus dieser Zeit übriggeblieben ist. Ich weiß auch nicht mehr viel davon, von unserer Beziehung weiß ich nur, dass wir anfangs ziemlich ineinander verliebt waren. Aber wie es zur Trennung kam oder was schiefging und so was, das weiß ich alles nicht mehr.

Aber das ist nun auch egal.

Das ist gleichgültig. So gleichgültig, denke ich, wie der endgültige Zustand von Schrödingers Kätzchen in der Kiste. Es ist egal, ob es am Ende tot ist oder lebt. Hauptsache ist, dass das noch nicht entschieden ist, bevor jemand die Kiste öffnet. Das ist es, was mich so fasziniert: die Unbestimmtheit.

Vielleicht hätte ich mehr aus meinem Beruf machen können. Mehr als die Gutachtertätigkeit beim Wasserwirtschaftsamt. Als Ingenieur hätte ich nach Saudi-Arabien gehen können, die wollen ja immer etwas mit Wasser machen. Oder nach Afrika, wo Wasser gebraucht wird. Heute ist das leichter mit der internationalen Akkreditierung und den Master-Studiengängen. Sind da unten aber wahrscheinlich alles nur Zeitverträge. Außerdem hätte Anne das nicht mitgemacht.

Ich frage mich, wie ich eigentlich zu meinem Beruf gekommen bin. Wie war das damals, als ich mich für das Ingenieursstudium entschied? Ich hätte in München ja auch was ganz anderes studieren können. Psychologie vielleicht. Das hat mich immer schon neugierig gemacht: wie Menschen werden, was sie sind, und was in ihnen so vorgeht bei den alltäglichen Kleinigkeiten. Wie die Seele funktioniert, was der Mensch eigentlich ist, woher das Bewusstsein kommt und solche Sachen.

Vater wollte, dass ich was Reelles mache. Er hatte den Lebensmittelladen in Pulling verloren und musste dann in Freising im Supermarkt arbeiten. Das hat er nie verkraftet. Er riet mir zu einem Job, der langfristige Absicherung bot. Das nahm ich ihm ab. Er hatte mich ja nach dem Tod von Mutter gut durchgebracht, er musste also wissen, wie der Hase lief.

Mit Mathe und Technik konnte ich ganz gut umgehen, und ich hatte damals keine eigene Idee. Das mit der Psychologie war eher so ein Tagtraum, dem ich nachgegangen bin. Damals dachte ich noch, dass ich alles Mögliche machen könnte. Wie jeder, der eine Klampfe spielen kann, wollte ich auch mal Rockmusiker werden, eine eigene Band gründen. Pink Floyd hatten mich damals schwer beeindruckt, und Nirvana.

Ich weiß nicht mehr, wie das damals war. Ich hätte Tagebuch führen sollen, dann könnte ich es jetzt nachlesen. Auf jeden Fall: Wenn ich Psychologie studiert hätte, wäre ich weggezogen. Nach Heidelberg vielleicht oder Tübingen.

Dann hätte ich Franziska nie kennengelernt.

Seltsam, ich kann mir mein Leben nicht ohne Franziska vorstellen. Obwohl ja aus uns nichts geworden ist.

Ein Leben ohne Franziska.

Sie war das Mädchen, das ich immer gesucht hatte.

Ich weiß nicht, wo sie heute ist. Ich habe damals den Kontakt zu ihr völlig abgebrochen.

Heute war ich im Ort. Am Kurplatz. Ich ging zu Fuß, der Wind war mäßig, ab und zu brach die Sonne durch. Es ist frisch, der Frühling braucht noch. Am *Inselfriede* vorbei und durch den Rosengang. Beim Koopmann kaufte ich ein. Am Kurplatz sah ich eine junge Frau gehen, in gelben Leinenschuhen, sommerlich fast, mit wehenden Haaren. Ich habe sie mir genau angeschaut. Wieder fiel mir eine Geschichte dazu ein. Seltsam.

Manchmal schaue ich nebenan bei der Galerie vorbei, ob sie neue Künstler ausstellen. Manchmal kehre ich auf dem Rückweg bei der Konditorei Remmers ein, manchmal trinke ich da einen Kaffee. Heute habe ich mir den Rosinenstuten mitgenommen, er war noch warm, und habe ihn zum Tee gegessen. Mit Butter. Neben meinem Rechner.

Der Gang hat gutgetan. Hat den Tag aufgebrochen. Lust zum Schreiben.

Schrödinger hat gesagt, dass man beim Schreiben immer einen hat, der zuhört. Das ist der imaginäre Leser. Ich soll darauf achten, dass es niemand anders ist, dass ich nicht für irgendjemand Bestimmtes schreibe. Nicht für ihn, nicht für meine Frau – das sowieso nicht! –, nicht für einen Verleger oder sonst jemanden. Nur für diesen anonymen Leser. Der sei ein Teil von mir, das sei ja der Clou am Schreiben.

Ich solle ruhig manche Dinge erklären, die ich schon wüsste, und so tun, als wüsste sie mein Leser noch nicht. So, wie man sich einem Menschen erklärt. Nur ist das einer, der mich vollkommen versteht und mich mag. Keiner, der die Worte auf die Goldwaage legt. Er sei mein *alter ego*, sagte Schrödinger, und irgendwann würde ich entdecken, dass gerade die Identität von Schreibendem und Adressaten, aber auch von erzählendem und erzähltem Ich der springende Punkt am Schreiben sei.

Schreiben als Selbstreflexion. Wenn man es richtig anstelle, könne man sich schreibend Problemen nähern, die sonst von Abwehrmechanismen unterdrückt oder verdrängt würden. Ich solle es wie ein Gespräch nehmen, ein Selbstgespräch, oder ein Gespräch mit Gott, dem vollkommenen Zuhörer, oder das Zwiegespräch mit dem Dämon, bevor Kinder einschlafen, aber das habe ich nicht verstanden.

Ich habe den Verdacht, dass Schrödinger früher mal Schriftsteller war. Oder noch ist.

Die Stelle bei Max Frisch muss er erst heraussuchen. Er gibt sie mir dann nächstes Mal.

Das mit dem erzählenden und erzählten Ich habe ich nicht ganz verstanden. Ich habe ein bisschen recherchiert im Internet und bin bei etwas gelandet, dass sich *Erzähltheorie* nennt. Wusste nicht, dass es dazu eigens eine Theorie gibt, und wohl mehr als nur eine.

Jedenfalls ist beim Ich-Erzählen der, der schreibt, mit dem identisch, über den er schreibt. Das klingt zunächst banal, ist aber der springende Punkt am Ich-Erzähler. Denn er sieht sich selbst quasi von außen zu. Wie einer Er-Figur, nur dass er es selbst ist. Und auch wenn er nicht erfindet, wenn er also einfach von sich erzählt, zum Beispiel was er täglich so macht und denkt und fühlt, ist da Erfindung dabei. Er stellt sich nämlich sich selbst vor. Er stellt sich selbst vor sich selbst hin, als wäre er ein Außenstehender. Das ist wie im Spiegel: Man sieht sich wie von außen und entdeckt Dinge, die man sonst nie entdeckt hätte. Selbstreflexion also, aber nicht bloß ein Nachdenken über sich innen drin, im Kopf, sondern tatsächlich draußen in der Welt, schwarz auf weiß sozusagen.

Dabei sieht man sich nur quasi von außen, weil man bei allem ja zugleich die Innensicht hat. Man ist sich vertraut und fremd zugleich. Der im Spiegel ist jemand anderes, ist das Ich aus einem fremden Blickwinkel. Das hat Schrödinger gemeint mit dem *alter ego* – ich bin es und ich bin es nicht.

Diese Fremdheit ist mir beim Schreiben aufgefallen, und ich glaube, sie nimmt zu in diesen Zeilen.

Und ich habe gedacht, ich müsste nur irgendwann dazu kommen, mein Leben herunterzuschreiben und fertig! Dabei kommt es auf den Prozess an, der Weg ist wichtig.

Jetzt verstehe ich auch das mit den Selbstentwürfen: Man muss schon eine Vorstellung von sich haben, sonst könnte man gar nicht über sich schreiben. Und das nicht bloß, wenn man alternative Leben erfindet, nein, beim ganz normalen Tagebuchschreiben oder wenn man vom Urlaub berichtet, im Grunde schon beim Bier in der Kneipe, wenn man einem anderen die Lebensgeschichte auftischt. Immer hat man schon eine Vorstellung, wer man ist. Und so erzählt man.

Unheimlich. Woher will ich wissen, dass diese Vorstellung von mir wahr ist? Was heißt wahr? Wer hat hier die endgültige Wahrheit?

Dieses Ich, von dem ich da rede, dieser Richard Eder in der Billstraße 11 auf 26571 Juist, wer ist das? Wer ist das da auf dem Bildschirm? Wer ist das da im Spiegel? Lebt er mein Leben oder sein eigenes, an das ich nie herankomme? Er ist mein Geschöpf, ich schreibe ihn nieder, und trotzdem ist er etwas Eigenständiges, ein Fremder, ein Phantom.

Ich habe das Gefühl, als würde sich hier etwas verselbständigen. Das ist mir nicht geheuer. Ich muss Schrödinger noch mal fragen.

Anne will nicht lesen, was ich schreibe. Ich habe sie gefragt, auch wenn ich sie es nicht hätte lesen lassen. Sie interessiert sich nicht dafür. Wenn es mir hilft, sagt sie, dann ist es gut. Ansonsten solle ich das mit Schrödinger ausmachen.

Ich weiß nicht, ob ich erleichtert oder enttäuscht sein soll.

Ich liege im Bett, döse und lasse die Gedanken treiben. Stehe manchmal auf, um etwas zu trinken. Sehe um zwölf die Waltons, bei denen es um einen Hühnerdieb geht und darum, dass Ben ein Gedicht von John-Boy umgeschrieben und einen Preis dafür bekommen hat. Die ganze Familie schart sich um die Zeitschrift, und der Gewinner muss das Machwerk allen vorlesen. Einen Becher Tee und drei Zigaretten. Danach ein Fernsehbericht über Herrenhäuser in Niedersachsen.

Ein guter Tag heute, der sich von der Überwindung der Angst hin zu einem Behagen an der freien Zeit wandelt. Die Comics aus meiner Kinderzeit fallen mir ein. *Fix und Foxi* und *primo* und das ganze Zeug. Damals hatte ich alle Taschenbücher und mehrere Jahrgänge und von *primo* fast alle in Sammelbänden. Wo ist der ganze Kram hingekommen?

Ich glaube, ich habe das in Freising gelassen, bei Vater. Auf dem Dachboden. Oder ich habe es in einem Anflug von pubertärem Selbsthass in den Müll geschmissen. Schade. Könnte mich jetzt auf dem Sofa ausstrecken und in den bunten Bildergeschichten schmökern. Heile Kinderwelt. Anders als Bücher.

Muss mal Vater anrufen, ob die noch da sind auf dem Speicher.

Das Skandalöse an Schrödingers Katze ist ja, dass die Wirklichkeit unbestimmt wird. Weshalb der eine oder der andere Zustand eintritt, die Katze also tot und das Atom zerfallen oder die Katze lebendig und das Atom nicht zerfallen ist, kann keiner angeben. Das Eine ereignet sich so zufällig wie das Andere. Damit wird aber die physikalische Welt indeterminiert und lässt sich nicht mehr voraussagen.

Um die Wahrscheinlichkeiten zu tilgen und wieder von realen Ereignissen sprechen zu können und um so etwas Unverständliches wie den Zusammenbruch der Wahrscheinlichkeitsfunktion zu vermeiden, hat DeWitt die Viele-Welten-Theorie aufgestellt. Danach spaltet sich in dem Moment, da es eine Überlagerung von Zuständen für ein System gibt, die Welt in weitere Welten auf. So verwirklichen sich beide Zustände, nur eben in getrennten Welten. In der einen zerfällt das Atom und die Katze stirbt, in der anderen zerfällt es nicht und die Katze lebt. So gibt es keine Wahrscheinlichkeiten mehr, sondern sicher realisierte Ereignisse.

Das klingt natürlich nach Sciencefiction und ist populärwissenschaftlich oft so ausgelegt worden. Ursprünglich hat es nur den Vorteil, dass in der Physik weiter von Determinismus und Realismus, von einer voraussagbaren, durch ihre Anfangsbedingungen und die Naturgesetze festgelegten Wirklichkeit ausgegangen werden kann.

Aber für mich hat diese Theorie immer etwas Faszinierendes gehabt. Dann lebt die Katze nicht nur als Möglichkeit im unentschiedenen Zustand weiter, sondern ganz sicher in einer anderen Welt. Die soll zwar für uns in keiner Weise zugänglich sein, aber wenn man schon einmal die Vorstellung einer Parallelwelt hat, ist es nicht weit, sich auch einen Zugang zu ihr vorstellen oder zumindest wünschen zu können.

Ich habe Jenny angerufen. Für den imaginären Leser: Jenny mit Jot, nicht mit Dsch. Jenny ist die Vogelschutzwartin auf Memmert, der Vogelinsel am Westende von Juist. Wir kennen uns aus dem einen Sommer, als Anne zur Kur im Sauerland war und Jenny mich einmal auf einen Spaziergang über Memmert mitnahm.

Eine junge Frau, alleinstehend, geradlinig, die weiß, was sie will. Die gut allein sein kann, sonst wäre sie für den Job nicht geeignet. Sitzt da auf ihrer Insel, kommt bei Hochwasser mit dem Boot über die Schillplatte und die Juister Balje übergesetzt und kauft im Ort ein. Manchmal schaut sie dann vorbei, meist abends, wenn Anne schon von der Arbeit zurück ist.

Es war ein merkwürdiges Gespräch. Ich werde es hier aufschreiben. Es macht Spaß, Dialoge aufzuschreiben. Ich meine, nicht so zusammenfassend, wie man das sonst tut: ich sagte ihm, dass, und er widerlegte mich, indem undsoweiter. Sondern Satz für Satz. So wie das die einfacheren Leute machen. Ich habe mal drauf geachtet. Das ist wie im Theater oder im Kino: und dann hat er gesagt, und dann hab ich gesagt, und dann war er baff.

Wenn man das im Nachhinein macht und sich nichts notiert hat, ist es schwer, den genauen Wortlaut zu erinnern. Aber dann erfindet man halt ein bisschen.

Das Gespräch verlief wie folgt:

Moin, Richard!

Moin, Jenny! Hast du meine Nummer noch eingespeichert?

Klar.

Ich hatte grade Zeit …

Lange nichts gehört, was?

Bist du grade unterwegs?

Ich bin bei meinen Bienen. Wie geht's dir denn?

Nicht so gut. Ich bin krankgeschrieben.

Echt? Das tut mir leid. Auf meiner Insel hör ich ja nix. Was hast du denn?

Psychosomatisch wahrscheinlich.

Klingt scheiße. Hast vielleicht zuviel gearbeitet, Burnout und so?

Ja, kann sein.

Schön, dich mal wieder zu hören. Was macht Anne?

Wie immer. Und wie geht's dir?

Ich bin heute dabei, den Nordstrand zu richten. Ganz schöne Schufterei.

Kann ich mir vorstellen. Du, sag mal, wie wär's, wenn ich mal wieder auf die Insel komme? Zum Kaffee oder so.

Bring Gummistiefel mit! Dann kannst du mir beim Buddeln helfen. Schilder aufstellen muss ich auch noch. Die Saison fängt bald an. Dann ist hier wieder alles voller Fischer und Jäger.

Kann ich machen.

Au ja, ich freu mich.

Sie lacht.

Sollen wir schon einen Termin fix machen … o-der, was meinst du?

Mit dem Strand bin ich drei Tage beschäftigt. Kannst kommen, wann du willst. Ruf mich vorher einfach kurz an oder sprich auf die Mailbox. Ich hol dich dann mit dem Kahn.

Ich komm wie immer bei Hochwasser, oder? Dann ist es einfacher mit dem Kahn.

Jau. Mach das.

Also denn, bis denn.

Bis denn. Freu mich.

Das Gespräch war ein ganz gewöhnliches, wie es hier im Norden geführt wird. Das Seltsame war nur: Ich hatte hinterher das Gefühl, als hätte *sie* angerufen und *mich* eingeladen. Und komisch war auch: Als sie sagte, sie freue sich, habe ich mich auch gefreut. Ganz plötzlich. Mit einem Stich in den Magen und so, dass mir ganz flatterig wurde.

Muss mal auf dem Tidekalender schauen, wann morgen oder übermorgen die Flut aufläuft.

Anne meinte, ob wir diese Saison nicht ein Fremdenzimmer vermieten sollten, mit Frühstück und so. Jetzt sei ich ja zuhause und könnte mich darum kümmern, und das Gästezimmer sei ja frei.

Zuerst druckste ich ein bisschen herum. Was die Leute sagen würden, wenn ich zwar krankgeschrieben zuhause wäre, aber dann doch arbeiten würde. Außerdem wüsste ich nicht, ob das mit einer Krankschreibung erlaubt ist.

Sie hatte weitere praktische Einwände und Vorschläge, bis ich ihr klipp und klar sagte, dass ich zuhause durchaus meine Ruhe bräuchte, ich sei nicht umsonst krankgeschrieben, und einen Kurgast zu betreuen würde mich gerade überfordern. Außerdem sei ja gar nicht absehbar, wie lange ich noch krank sei. Gut möglich, dass ich im Sommer wieder fit bin.

Sie zuckte die Schultern und sagte: Wie du meinst.

Bei Gesprächen mit Anne habe ich keine Lust, Dialoge zu schreiben.

Abends ist es schön. Draußen wird es blau über dem Watt, die ersten Lichter erscheinen, alles wird gedämpft und heimlich, der Wind weht aus dem Unsichtbaren und rückt die Geräusche im Haus näher. Das Ticken der Uhr in der Küche, in der ich schon Licht mache. Das Schüttern des Kühlschranks, wenn er sich einschaltet. Das Knacken der Treppe, die in den ersten Stock führt.

Ich warte dann auf Anne. Ihre Schritte bis zur Haustür. Das Einstecken und Herumdrehen des Schlüssels im Schloss. Ihre Geräusche an der Garderobe. Das Ausziehen der Schuhe. Hallo, ich bin's. Wer soll es sonst sein?

Dann ist das Fernsehschauen anders. Wir sitzen gemeinsam auf dem Sofa, sie hat ihre Füße in meinen Schoß gelegt, und wenn die Erkennungsmelodie der Tagesschau ertönt, fühle ich mich geborgen und sicher.

Es ist, als wäre das die Belohnung dafür, dass ich den Tag überstanden habe. Nachrichten, was heute geschehen ist. Dann gehöre ich dazu, zu all den anderen, die unterwegs waren, gearbeitet haben, gekämpft, gestritten, standgehalten.

Oft bin ich schon um neun wieder müde, kaum schaue ich einen Film zu Ende. Ich lege mich ins Bett und wache nicht auf, wenn Anne um zehn oder halbelf nachkommt. Aber um Mitternacht wache ich wieder auf und bin glockenmunter. Ich wälze mich eine Zeit lang im Bett, bemühe mich, Anne nicht zu stören, stehe dann auf.

Das weiß ich inzwischen, dass es keinen Sinn hat, im Bett die Schlaflosigkeit aushalten zu wollen. Lieber bin ich dann auf und tue etwas.

Ich mache mir einen Tee, gehe ins Arbeitszimmer, setze mich an den Rechner. Schreibe, was mir tagsüber nicht eingefallen oder aufgefallen ist.

Gegen fünf oder sechs bin ich dann so müde, dass ich wieder ins Bett kann. Ein merkwürdiger Moment: Ich bin am Einschlafen, während Annes Wecker klingelt und sie aufstehen muss. Schlechtes Gewissen: Ich kann liegenbleiben.

Dass ich dann bis zwölf schlafe, ist kein Wunder. Nur, dass ich um neun Uhr abends schon wieder müde werde.

Alles ist durcheinander. So hat es ja angefangen.

Einen Becher Tee und zwei Zigaretten. Die Waltons gehen auf einen Jahrmarkt und gewinnen Preise für die beste Torte, während andere ein eingefettetes Schwein fangen müssen. Schwere Zeiten und Sorgen kann die Familie alle erdulden, weil sie von gegenseitiger Liebe getragen wird, sagt John-Boy am Schluss. Ich trinke meinen Tee leer und rauche die Zigarette zu Ende. Es ist halbdrei, draußen wechselt die Bewölkung.

Das Entscheidende hat mir Schrödinger nicht verraten. Wenn mein erzähltes Ich schon ein Fremder, eine Vorstellung von mir ist, dann kann ich es auch ganz zu einer Figur machen. Zu einem Er. Zu einem Helden. Dann kann er Dinge tun, die ich nicht tun kann. Dann bin ich so frei, wie er erfunden ist.

Ich frage mich, wieso ich Jenny angerufen habe. Wieso ist sie mir gerade jetzt eingefallen? Gibt es dafür Anzeichen, Signale? Die Sturmmöwen? Das Watt? Eine Frau, die ihr ähnlich sah? Vieles ist nicht so zufällig, wie es scheint.

Richard Eder steht um zwölf Uhr mittags auf. Er liegt lange im Bett, weil er krankgeschrieben ist. Er macht sich keine Sorgen wegen der Lohnfortzahlung, hat aber Angstzustände.

Zuerst trinkt er einen Becher Tee und raucht drei Zigaretten, nebenher schaut er sich eine amerikanische Familienserie im Fernsehen an. Er raucht in seinem Arbeitszimmer, weil es im Haus verboten ist.

Seine Frau Anne und er verstehen sich gut, sind einander aber manchmal fremd. Anne hat einen leptosomen Körperbau, obwohl Richard eher füllige Frauen bevorzugt.

Um halbdrei, wenn draußen die Bewölkung wechselt, zieht er sich an und geht aus dem Haus.

Das klingt gut. Hat Schrödinger das mit dem *alter ego* gemeint? Ich glaube, ich mag Richard Eder. Ich werde auf ihn zurückkommen.

Ich werde Schrödinger bitten, mir für ein paar Wochen sein Kätzchen zu leihen. Ich will auch etwas so Weiches, Junges, Tappsiges auf meinem Schoß haben, das schnurrt und mir die Beine wärmt und dem ich mit meinen Fingern das flauschige Fell kraulen kann.

Merkwürdig. Ich wollte eigentlich nie Haustiere. Ich wusste, dass man sich um ein Haustier kümmern muss, es pflegen und füttern, ausführen und das Fell bürsten oder so, und eigentlich bin ich ganz gut darin. Unsere Zimmerpflanzen gedeihen prächtig, was sicher nicht Anne zu verdanken ist, sie ersäuft die Dinger oder lässt sie verdursten, ich habe sogar aus Orangenkernen Sämlinge gezogen, die mittlerweile schon daumendicke Stämmchen haben und tiefgrüne, glänzende Blätter. So was gefällt mir.

Ein Papagei war das Einzige, was ich mir hätte vorstellen können. Der hundert Jahre alt wird und einen eigenen Charakter und die Zuwendung des Menschen braucht, wenn er keine Gefährtin hat. Der säße dann auf meiner Schulter, während ich am Rechner schreiben würde, und ab und zu würde ich mich mit ihm unterhalten, philosophische Dispute führen oder Schach spielen.

Aber Anne hat eine Milbenallergie, sodass Fell- und Federtiere nicht in Frage kommen.

Eine Schildkröte oder ein Goldfisch, aber die sind stumm.

Ich weiß, dass man Katzen nicht verleiht wie Schraubenzieher oder Motorsägen. Aber ich werde Schrödinger trotzdem fragen.

Richard Eder nimmt das Fahrrad und fährt hinaus zur Westspitze der Insel, wo die Vogelinsel liegt. Er sieht den Kahn am gegenüberliegenden Ufer angebunden und den tiefen Priel dazwischen, die schimmernden Wattflächen, die schwärmenden Vögel.

Er wartet auf das Hochwasser. Dann wird Jenny mit dem Kahn übersetzen und ihn abholen. Er weiß noch nicht, was sie tun werden. Sie werden vielleicht gemeinsam den Strand umgraben oder Zugvögel zählen oder den Bienen ihren süßen, seimigen Honig stehlen. Der Honig, das Diebesgut, wird sie heiter und neckisch machen, sie werden einander an den Händen halten, aber er will niemandem wehtun.

Er will nur ein wenig Geborgenheit, Zärtlichkeit vielleicht. Jenny hat stramme Waden und kräftige Beine, auch ihre Arme haben Muskeln. Sie ist einen Kopf kleiner als er.

Jenny, wird er sagen, gut, dass du da bist.

Ich freu mich, wird Jenny sagen.

Aber ich gehe gar nicht erst aus dem Haus. Die Angst hält mich zurück. Ich sollte wenigstens absagen, denke ich. Vielleicht wartet sie wirklich. Aber in Gummistiefeln am Strand herumstelzen und Sand umgraben, nein, dazu fühle ich mich heute nicht in der Lage.

Er sollte hingehen, Richard, der füllige Frauen bevorzugt. Der ein Rendezvous hat, während seine treue Frau den Lebensunterhalt verdient. Ihm macht das nichts aus. Er denkt sich nichts dabei.

Er denkt überhaupt wenig. Er fühlt auch nichts, oder nein: Er fühlt zwar, aber ich erfahre davon nichts. Das ist praktisch. So kann ich ihn besser erzählen.

Was in ihm vorgeht, kann ich höchstens an seinem Verhalten ablesen, an seiner Mimik, seinen Gesten. Ich muss ihn deuten, damit ich weiß, warum er etwas macht. Ich muss ihn scharf beobachten, damit ich herausfinden kann, was er vorhat.

Was hat er mit Jenny vor, das ich nie vorhätte? Sie sitzen im Haus des Wärters, in der Küche, auf Stühlen am Resopaltisch, und trinken Tee. Natürlich. Hier oben trinkt man Tee, malzigen Ostfriesentee mit Kandis und Rahm. Aus Bechern mit ostfriesischem Rosenmuster.

Er erzählt ihr von seiner Krankheit und dass alles daher kommt, dass seine Mutter so früh gestorben ist. Sie fühlt mit, fragt nach, legt einmal ihre Hand auf seine.

Meine Mutter hatte Krebs, sagt er. Das hatte sechsundsiebzig angefangen, da war ich acht. Zuerst bekam sie Chemo und wurde ganz dünn, magerte ab, verlor ihre schönen blonden Haare, dann Morphium und Bettlägerigkeit. Ich brachte ihr immer ihr Glas Wasser ans Bett, sie musste viel trinken. Ich brachte ihr eine Zeitschrift ans Bett, wenn sie lesen wollte, aber das war nur am Anfang. Ich fragte sie, was sie wollte, und holte den Vater, wenn sie aufs Klo musste. Später benutzte sie eine Bettpfanne, die ich leerte. Dabei würgte es mich und ich musste mich übergeben, erzählt er.

Zwei Jahre später ist sie gestorben, erzählt er. Jenny nickt bekümmert. Vater hat das nie verkraftet. Ich schon, sagt er und lacht verlegen. Ich habe sie gepflegt, dachte ich damals als Zehnjähriger, ich habe mich um sie gekümmert, und dass sie jetzt tot ist und alle Pflege nichts half, ist nicht meine Schuld. Aber das denkt der Vierundvierzigjährige, verstehst du?, sagt er und sieht Jenny verzweifelt an. Der Zehnjährige denkt: Ich habe sie gepflegt, und das konnte ihren Tod nicht verhindern. Ich habe versagt. Ich habe sie verraten.

Sie war ganz sanft und lieb und zutraulich. Später, als sie nicht mehr trinken konnte, tupfte ich ihr das Wasser aus dem Glas auf die Lippen, dass sie es auflecken konnte. Ich wechselte die Infusionsflaschen, das hatte ich gelernt, weil Vater im Supermarkt war. Ich rief die Schwester an, wenn es notwendig war. Sie hat sich nie beklagt. Es war schön, für sie da zu sein. Aber eine Mutter sollte sich nicht den Händen ihres zehnjährigen Sohnes anvertrauen müssen.

Er schüttelt den Kopf und lehnt sich zurück, entzieht Jenny seine Hand.

Im selben Jahr musste Vater den Laden aufgeben. Der einzige Lebensmittelladen in Pulling. Aber er rechnete sich nicht mehr. Wir zogen nach Freising, wir beide, die übrig waren. Vater musste im Supermarkt arbeiten, aber das habe ich, glaube ich, schon erzählt.

Mir nicht, sagt Jenny, aber sie sagt es zu Richard, der jetzt aufsteht und den Rest des Tees in den Spülstein gießt. Sie sagt es nicht zu mir, der ich hier sitze und schreibe und noch weniger weiß als sonst, was ich schreibe, denn ich bin gar nicht erst hingegangen zur Westspitze, habe nicht gewartet, habe nichts erhofft, sitze hier in meinem Haus und soll mein Leben erzählen und fantasiere stattdessen von Ehebruch und Seitensprung oder was weiß ich.

Ich wünschte, ich wäre ein Anderer.

Ich wünschte, ich wäre er.

Ich wünschte, ich wäre Richard Eder. Aber welcher?

Ich wünschte, ich wäre ich.

Anne und ich haben keine Kinder. Warum eigentlich nicht? Ich glaube, ich habe nie Kinder gewollt. Ich bin auch nicht in einer großen Familie aufgewachsen, ich war daran gewöhnt, allein zu sein. Anne wollte auch keine. Jetzt geht es bald nicht mehr. Da waren wir uns einig.

Drücken wir uns vor der Verantwortung? Im Gegenteil, würde ich sagen. Weil wir wissen, was für eine Verantwortung Kinder bedeuten, und weil wir beide nicht sicher sind, ob wir das leisten können oder wollen, deshalb lassen wir es lieber. Besser keine Kinder als Schaden anrichten.

Wäre das Leben mit Anne anders gewesen, wenn wir Kinder gehabt hätten? So einen kleinen Knirps, der auf den Schoß gekrochen kommt und mit mir Sandmännchen schaut? So einen kleinen Richard aufwachsen zu sehen, der so wird wie ich selbst oder gerade nicht, Gemeinsamkeiten entdecken und Unterschiede, mitzuerleben, wie aus einem hilflosen Säugling ein eigenständiger Mensch wird?

Aber man stellt sich das oft zu verklärt vor. Anne braucht bloß an die Bengels zu denken, mit denen sie es im Jugendheim zu tun hat, an verzogene, respektlose, aufsässige Kinder, an neidische, jähzornige oder grausame Gören, an Söhne, die einen verachten und sich verweigern, an Töchter, die einen betrügen und für dumm halten – man hat nicht nur verständige, dankbare, liebebedürftige Kinder.

Klar, vielleicht kommen solche Auffälligkeiten alle von erlittenen Verletzungen, von enttäuschtem Urvertrauen, ich weiß nicht. Aber auch solche Kinder muss man dann aufziehen und lieben und sich für sie aufopfern. Und das ist es, was Anne und ich nicht wollen.

Franziska, fällt mir da ein, wollte Kinder. Drei oder sogar vier. Sie kam aus einer großen Familie, hatte drei Brüder und eine Schwester. Sie mochte Kinder, auch wenn sie nicht Kindererzieherin oder sowas werden wollte. Sie studierte Geschichte an der Uni, na ja, Lehrerin hat ja auch mit Kindern zu tun. Jedenfalls haben wir damals, in München, uns schon ausgemalt, wie unsere vier Bälger uns am Samstagmorgen aus den Betten holen und zum Frühstückstisch zerren, das Frühstück dann sehr turbulent abläuft und alle einen Riesenspaß haben. Ich bringe unserem ältesten Sohn bei, dass das Universum endlich, aber unbegrenzt ist, und Franziska buddelt mit unseren Töchtern im Garten.

So etwas haben wir uns damals ausgemalt. Ich glaube, ich habe das seinerzeit nicht wirklich ernstgenommen. Um an Kinder zu denken, waren wir ja noch nicht lange genug zusammen. Aber vielleicht doch. Vielleicht war ich damals ein Anderer, vielleicht war das damals noch möglich.

An Kinder hatte ich seit dem Studienplatzwechsel und dem Umzug nach Kiel nicht mehr gedacht. In Bremerhaven auch nicht. Und als ich Anne kennenlernte, war das Thema schnell abgehakt.

Merkwürdig, wie das manchmal so läuft.

Obwohl ich damals Franziska eigentlich für nicht besonders verantwortungsbewusst hielt. Sie kam mir eher wie ein verspieltes junges Mädchen vor, das tausend Träume im Kopf hat, tausend Ideen und den Mut und die Keckheit, sie zu verwirklichen. Franziska war unbekümmert. Sie nahm anfangs nicht einmal die Pille. Ich war derjenige, der über sowas nachdachte: über Verantwortung.

Wenn die Angst zu schlimm wird, darf ich eine zusätzliche Tablette nehmen, eine Beruhigungstablette, Tavor heißt das Zeug. Es macht schläfrig, aber entspannt. Ich merke, wie das Zucken in den Gliedern nachlässt, wie die Panik von der Haut weicht.

Heute morgen lag ich in endlosen Dämmerphasen, in bilderreichem Halbschlaf mit grotesken Träumen. Als ich endlich wach war, hatte ich das Gefühl, jemand hätte einen Berg Bildermüll über mich ausgekippt.

Einen Becher Tee und drei Zigaretten. Bei den Waltons bricht die Zeit schwerer Prüfungen an, und Jason soll von den Baldwin-Schwestern adoptiert werden.

Ich sitze zitternd am Rechner und versuche, mich wieder zu festigen. Ich habe dann das Gefühl, dass die Welt um mich her in Scherben fällt, ein zerstörerischer Gedanke zieht den nächsten nach sich, wie eine Reihe von Dominosteinen. Die Waltons und Tee und Zigaretten, den Tag herumbringen im Grau der Westwindwolken, dann Annes Rückkehr von der Arbeit und das zerlegene Bett – das macht mir

Angst. Das ist so hohl und leer und ohne Hoffnung, die Leere grinst mich an wie ein Totenschädel, als sagte sie: Du entkommst mir nicht. Gib auf!

Wie soll das weitergehen? Wann ändert sich endlich etwas?

Um nicht in einer Falle festzusitzen, bin ich in den Ort gefahren. Mit dem Fahrrad. Habe mir beim Koopmann neuen Zigarettentabak geholt und Bier und Wurst fürs Abendessen. Die Tabakpackungen haben inzwischen ja nur noch dreißig Gramm, das geht weg wie nix.

Als ich zurückkomme ins leere Haus, in dem es warm und still ist, geht es mir besser. Ich kann mir darin Geborgenheit verschaffen.

Anne kommt heute später. Sie hat angerufen.

Es dämmert schon, als ich in der Küche das Abendbrot richte. Ich will heute nicht kochen, für mich allein hat das keinen Sinn. Ich schneide Scheiben vom Brotlaib, bestreiche eine mit Margarine, zwei mit der gekauften Teewurst, belege die eine mit Cervelatwurst, die anderen mit aufgeschnittenen Essiggurken.

Ich sitze am Esstisch im Wohnzimmer und habe nur die Stehlampe brennen. Eigentlich, denke ich, müsste ich zur Teewurst Tee trinken. Schwarztee. Ich gehe noch mal in die Küche und koche mir eine Kanne Ceylontee, der rot in der Tasse mit dem blauen Ostfriesendekor steht.

Das erinnert mich an etwas. An die Blombergs in Freising, bei denen ich manchmal zu Abend aß. Christian war mein einziger Freund, den ich in der

Grundschule in Freising hatte. Wenn wir tagsüber zusammen gespielt hatten, durfte ich mit zum Abendessen. Das war etwas ganz Neues, was ich dort kennenlernte. Es waren drei Kinder, einer war schon groß und hatte einen Beruf, es wurde vor dem Essen gebetet und der Tisch war eine richtige Tafel: die Butterdose, ein Teller Wurst, ein Teller Käse, eine Schale Fleischsalat„ aufgeschnittene Tomaten, eine Schale mit gesalzenem Rettich, die war für Herrn Blomberg, Teller und Besteck für jeden, denn die Brote wurden geschnitten und mit der Gabel zum Mund geführt, und dazu gab es Schwarztee. Ohne Zucker, einfach so, als Durstlöscher. Obwohl er heiß war und ich zum Abendessen keine heißen Getränke kannte, schmeckte es mir ganz gut. Auch eine Tasse mit zierlichem Henkel in die Hand zu nehmen statt eines Glases mit Sprudel passte gut zu der ganzen Veranstaltung.

Ich fühlte mich ein wenig steif und unter Beobachtung, aber wohl. Ich war aufgenommen und hatte meinen Platz. Ich war sogar Gast, was eine herausragende Stellung bedeutete. Christian, sagte seine Mutter manchmal, schenk doch deinem Gast noch etwas Tee nach!

Daran denke ich, als ich da im dämmerlichtigen Wohnzimmer am Esstisch sitze und meine Brote mit Teewurst esse, meinen Ceylontee aus dem Ostfriesenporzellan schlürfe. Im Mund wird das Brot vom Tee aufgeweicht.

So kann ich das nicht stehenlassen. Was Richard Eder da der kleinen Jenny erzählt, stimmt so nicht.

Das mit Mutter und dem Krebs und ihrem Tod stimmt zwar, aber ich habe sie nicht gepflegt. Ich habe ihr nur manchmal Sachen ans Bett gebracht, und es stimmt, dass ich die Infusionsflasche wechselte, aber nur einmal, und auch nur, weil grad die Schwester nicht da war. Wir hatten eine Pflegekraft, die ins Haus kam, das war Voraussetzung für eine Heimpflege und dafür, dass Vater weiterhin arbeitete.

Aber es kann sein, dass ich das so empfunden habe. Dass ich mich für sie verantwortlich fühlte. Aber ich hatte das damals mit Vater abgeklärt. Das weiß ich, weil wir später über diese Zeit gesprochen haben. Er sagte, ob Mama sterben wird oder nicht, hat mit mir nichts zu tun. Sie freue sich über mich, wenn ich ihr helfe und Sachen ans Bett bringe, sie habe mich lieb und möchte deshalb, dass ich um sie sei. Aber ich täte das freiwillig und weil ich sie auch gern hätte. Das müsse klar sein. Ich gab Vater die Hand darauf, und ich denke, dass ich das damals auch verstanden hatte.

Nachdem sie tot war, hat er noch einmal mit mir gesprochen und mir genau erklärt, warum Mama gestorben ist. Dass das nichts mit mir zu tun hat und dass Mama nicht anders konnte. Dass es Gottes Sache sei, ob ein Mensch lebt oder stirbt. Das Leben gibt Gott dem Menschen, und er nimmt es ihm wieder, wenn er die Zeit für gekommen sieht.

Soweit ich mich erinnere, habe ich auch einen Deal mit Gott abgeschlossen. Ihm die Hand darauf gegeben: Er macht mit Mama, was er für richtig hält, und ich darf ihr helfen und Gutes tun, soweit ich das will und kann. Ihr eine Freude bereiten bei all dem

Leiden, das sie ertragen musste. Eine klare Teilung der Verantwortung. Ich denke, das hat mir eingeleuchtet.

Ich habe den Tod meiner Mutter verarbeitet. Nicht zuletzt durch die Gespräche mit Vater. Trotzdem kann es sein, dass ein Gefühl von Verantwortlichkeit zurückgeblieben ist. Keiner meiner Freunde hat so etwas erlebt, keiner hatte eine Mutter, für die er so da sein konnte wie ich für meine. Das war durchaus etwas Besonderes.

Sicher ist das ein gefundenes Fressen für Schrödinger. Aber ich glaube nicht, dass das irgendetwas mit meiner jetzigen Krankheit zu tun hat. Mit dem Tod meiner Mutter bin ich im Reinen. Es ist nicht das, was Schrödinger einen Knick in der Biografie nannte, keine entscheidende Wende oder sowas.

Ich habe es Schrödinger gegenüber schon erwähnt, den frühen Tod, bei der Anamnese oder wie das hieß. Er hat nur genickt. Vielleicht hat er vorgehabt, darauf zurückzukommen. Ich werde ihn natürlich darauf ansprechen, jetzt, wo es mir eingefallen ist.

Aber wie kann Richard Eder so eine verleumderische Geschichte über mich erzählen, und dann noch Jenny gegenüber? Wie kommt Richard Eder überhaupt dazu, über mich zu erzählen? Gut, ja, er erzählt nicht wirklich über mich, sondern über sich, aber wird es da nicht doppelbödig? Ich entwerfe eine Figur, die ich sein soll, und diese Figur entwirft sich wieder ein Ich, also mich selbst. Entwerfe ich mich auf Umwegen noch einmal? Ist dieses doppelt entworfene Ich wahrer als ich, der ich hier erzähle? Wer entwirft hier wen? Das wird mir langsam zu verwirrend. Ich muss Schrödinger fragen.

Wochenende. Ich habe ab acht Uhr wachgelegen. Trotz Anne neben mir im Bett kam die Angst, ich stand auf und nahm eine Tavor. Es kann bis zu sechs Wochen dauern, sagt der Neurologe, bis der Wirkstoffspiegel der regulären Medikamente aufgebaut ist.

Wir standen gemeinsam um elf auf. Einen Becher Tee und zwei Zigaretten. Ich hatte das Gefühl, als kämen gleich die Waltons im Fernsehen und ich könnte Anne zeigen, wie ich meine Tage verbringe. Aber am Wochenende läuft die Serie nicht.

Gemeinsam fuhren wir mit den Rädern einkaufen. Im Anhänger transportierten wir die Mineralwasserkiste. Die Sprudelkiste. Dann machten wir einen Spaziergang zur Westspitze, zur Domäne Bill. Drüben lag Memmert, ein flimmernder Scherenschnitt gegen die Kimmung, das Haus und der alte Leuchtturm ragten wie Seezeichen heraus. Was wohl Jenny da drüben gerade macht?

Wir wanderten um die Westspitze herum, durch Gras und Sand und Schlick, die Pfähle mit den Hinweisschildern wie Zeugnisse einer versunkenen Kultur. Manchmal sieht man von hier aus mit dem Feldstecher die Kegelrobben auf der Kachelot-Plate liegen.

Auf dem Rückweg überlegten wir, ob wir nicht in der Domäne einkehren und den Rosinenstuten probieren sollten. Ein paar Worte mit Sven reden, der jetzt einmal Zeit hat, solange die Touristen noch nicht in Massen kommen. Mir hat das Backsteinhäuschen mitten in der Heide immer gefallen. Im Sommer Tische und Schirme draußen, und statt eines vollen Parkplatzes reihen sich die abgestellten Fahrräder am Zaun. Aber ich hatte keine Lust.

Ich ging ohne besondere Freude spazieren. Ich ging gegen die Unlust an, mich zu bewegen. Ich wollte mich nicht bewegen, wollte mich totstellen. Stillhalten, damit nichts passiert. Damit alles so bleibt, wie es ist. Voller Angst, aber auch unveränderlich.

Wir setzten uns auf eine Bank und schauten übers Watt. Ich drehte mir eine Zigarette und rauchte. Musst du die gute Luft im Freien auch noch verpesten?, fragte Anne.

Ich wünschte mir, ich würde alleine hier sitzen und nachdenken können. Ich merkte, dass da draußen im Watt, in dem blau-silber-grauen Streifenmuster, kontrapunktiert durch die flirrenden Möwenpunkte, eine Erkenntnis auf mich wartete.

Sie wartet darauf, dass ich warte. Dass sie dann aufbricht aus dem Watt und herkommt zu mir, sich neben mich setzt, in wettergegerbten Kleidern, und mir endlich sagt, was ich schon die ganze Zeit wissen will. Mir die Wahrheit eröffnet. Sie ihre Schuldigkeit getan hat und gehen kann. Ich wieder allein bin, tief geborgen in mir selbst und der Gewissheit.

Als wir nach Hause kamen, kochte ich Tee und zog mich in mein Zimmer zurück.

Am Sonntag kam Jenny zu Besuch. Anne war gerade aus dem Gottesdienst zurück, wir machten uns ans Kochen, da tauchte sie vor der Haustür auf.

Mir war es peinlich, dass sie unverblümt nach meinem Anruf fragte und weshalb ich nicht gekommen sei. Anne schaute mich nicht an. Kein prüfender Seitenblick, keine offene Bestürzung. Wahrscheinlich denkt sie an sowas gar nicht. Das hat sie nicht auf der Rechnung, dass ihr Richard jetzt noch einer anderen Frau hinterherschauen würde, einer jüngeren Frau, einer Frau wie Jenny. An der Tür zog sie die Gummistiefel aus, es war ihr egal, ob Sonntag war. Unter Vögeln gibt es keine Zeit.

Aber Richard Eder kann das. Er kann anderen, jüngeren Frauen hinterherschauen. Er kann sich nach Geborgenheit, ja sogar nach Zärtlichkeit sehnen, er kann eine kleine, kräftige Hand ergreifen und über fremde Haut und fremde Finger streicheln, die so ganz anders sind als Annes schmale, leptosome Hände.

Ich kann das nicht. Ich schaute auf Jennys Hände, ich schaute in ihre Augen und blickte schnell wieder weg. Es war völlig undenkbar. Es war so fremd, dass ich eine Gänsehaut bekam. Das schmeckte in Richards Erzählungen ganz anders. Da war es weich, widerstandslos, und die Dinge ergaben sich wohlig und zuversichtlich. Hier, am Küchentisch, wäre es nur peinlich. Peinigend, ja, mich peinigte es richtiggehend, dass ich mir solche Gedanken gemacht hatte.

Aber das war ja gar nicht ich. Das war ja Richard Eder. Der durfte das.

Ich murmelte irgendwas Unverbindliches wegen

meines Besuchs auf der Vogelinsel und war froh, als Jenny wieder ging. Sie wollte in den Ort, ein bisschen bummeln. Das tat sie selten, und sie wollte es genießen. Wir hatten keine Lust mitzukommen.

Als die Tür ins Schloss fiel und ich sah, wie Jenny in ihrer Helly-Hansen-Jacke aufs Rad stieg, dachte ich: Gut, das hat sich erledigt.

Einen Becher Tee und drei Zigaretten. Während im Fernsehen John-Boy auf seine Operation wartet, telefoniere ich mit Schrödinger. Er hat mir das eingeräumt, weil wir uns ja nur einmal die Woche sehen. Es soll keine Sitzungen ersetzen, aber wenn ich dringende Fragen hätte, würde er schon zehn Minuten erübrigen in der Sprechzeit.

Ich habe Richard Eder unterschätzt. Die Sache mit der Vogelinsel hat sich nicht erledigt. Die Fremdheit weicht wieder, und Jenny wird selber zum Entwurf, zu einer Figur.

Was soll das werden?, frage ich mich. Kopfkino? Ehebruch auf dem Papier?

Es ist schwierig, an diesen Erfindungen und Entwürfen um Richard Eder vorbei eine Wahrheit zu finden. Was will ich von Jenny?

Ja, ich empfinde etwas, wenn ich sie sehe, wenn sie da ist. Das habe ich gestern bemerkt. Ich kann es nicht leugnen.

Mache ich mir Hoffnungen?

Kann ich mir, jenseits von Richard Eder, vorstellen, ihre Hand zu halten?

Nein, ich denke nicht. Aber mit ihr über die Insel zu gehen, Vögel zu zählen, in der Küche am Resopaltisch zu sitzen und zu reden, zu reden über Wesentliches, Nieeingestandenes – das könnte ich mir vorstellen.

Ich habe noch einmal den Anfang dieser Zeilen gelesen. Ich soll eigentlich mein Leben erzählen. Bin ich da weitergekommen? Ich erzähle und erzähle, erfinde Lebensläufe, erfinde Richard Eder, dazwischen Erinnerungen, Reflexionen, Tagebuchsentenzen – was soll das? Komme ich damit irgendwie zu einer Wahrheit?

Es soll mir um die Wahrheit meines Lebens gehen. Aber die Wahrheit über sein Leben kann kein Mensch kennen, denn dann müsste er sich vollständig erinnern, und das kann keiner. Das habe ich Schrödinger gesagt, aber er meinte, es komme nicht darauf an, was wirklich geschehen sei, sondern wie ich jetzt, im Nachhinein, mein Leben sehe, wie ich es bewerte.

Es gehe darum, sagte Schrödinger, welche Bedeutung ich diesen Ereignissen gebe, und diese Bedeutung kann sich im Laufe der Zeit gewandelt haben. Die Bedeutung aber prägt meine künftigen Erlebnisse, das heißt die Art und Weise, wie ich zukünftige Erlebnisse bewerten werde.

Es kommt also nicht darauf an, denke ich mir, herauszufinden, wie ich damals tatsächlich gefühlt oder gedacht oder bewertet habe, sondern wie ich *jetzt* fühle und denke und bewerte.

Die damaligen Gefühle und Gedanken können höchstens als Kontrastfolie dienen, um die jetzigen Bewertungen zu korrigieren. Kontrastfolie, sagt Schrödinger. Dabei muss ich an dieses Brettspiel denken, das ich einmal bei einem befreundeten Paar in Bremerhaven spielte, mit oder ohne Anne, das weiß ich nicht mehr. Da ging es um originale Gemälde und um Fälschungen, und man konnte sie nur unterscheiden, indem man eine rote Folie auf ein farbiges Feld legte. Das Rot machte alles eintönig, und schon erschien in dunklerer Farbe das Wort „Original" oder das Wort „Fälschung".

Das erinnert mich an die Katze in der Kiste. Der Zustand vorher ist unbestimmt, alle Farben gemischt. Erst wenn man die Kontrastfolie auflegt, werden sie geschieden und man hat eine Entscheidung. Eine Expertise.

Soll ich Original und Fälschung in meinem Leben unterschieden, Erinnerung mit Erinnerung vergleichen, die tatsächlichen Geschehnissen mit der Bewertung, die in meiner Seele zurückgeblieben ist? Geht es darum?

Nein, sagte Schrödinger. Was Sie jetzt darüber denken und fühlen, ist genauso richtig und hat seinen Grund. Sie holen sich damit nur die Entscheidung darüber zurück, ob Sie weiterhin so über Ihr Leben denken wollen.

Und was ist dann die Wahrheit?, habe ich gefragt. So wie ich *damals* gefühlt und gedacht habe, oder so wie ich *heute* fühle und denke, oder so wie ich *morgen*, nachdem ich mir über das Heute klargeworden bin, denke und fühle?

Die Wahrheit ist, was sie dafür halten, sagte er glatt. Das ist mir zu relativistisch.

Immer habe ich das Gefühl, dass mein Leben auch ganz anders hätte verlaufen können. Ich habe Schrödinger von DeWitts Viele-Welten-Theorie erzählt. Ja, sagte er, schreiben Sie das nieder! Schreiben Sie die Lebensläufe und die Entwürfe auf, lassen Sie Ihrer Fantasie freien Lauf! Auch darin gibt es eine Wahrheit zu entdecken.

Ich finde, das macht es noch schlimmer. Das verstärkt das Gefühl, dass ich neben meinem realen ein ganz anderes Leben lebe, dass es für mich noch ganz andere Existenzen gibt, die parallel verlaufen und die manchmal im Alltag aufblitzen, wie eine Erinnerung oder ein Traum oder eine Prophezeiung. Als würde die Wirklichkeit durchsichtig werden. Manchmal die Vision von lauter ineinandergeschachtelten, gläsernen Wirklichkeiten, lauter Spiegel, aus denen ich nicht mehr herausfinde.

Dann habe ich Angst, dass dieses reale Leben gar nicht mein richtiges ist, dass es gar kein richtiges gibt, die Unsicherheit, wer ich bin oder ob ich überhaupt ich bin. Es kommt mir dann so vor, als gäbe es gar kein Ich-bin, sondern bloß ein Ich-könnte-sein.

Manchmal macht mich das verrückt. Ich will mich dann auf die Realität konzentrieren und sage zu mir: Schreibtisch, Teetasse, Bildschirm. Anne, Billstraße, Wattenmeer. Aber wer alledem die Wirklichkeit, die Unhinterfragbarkeit gibt, das bin immer noch ich, ich muss immer fragen: Aber wer ist das, der Schreibtisch, Teetasse, Bildschirm denkt, die Dinge selber sind doch stumm, bei denen gibt es kein Ich, sondern ich, der ich die Dinge sehe und fühle, ich sitze in meinem Kopf und weiß immer noch nicht, wer ich bin.

Ich denke oft, mein Leben hätte auch ganz anders verlaufen können. Ich kann das nicht an irgendwelchen Wendepunkten festmachen und sagen: Hätte ich damals anders entschieden, wäre ich dort nicht hingegangen und so. Nein, es ist so ein Grundgefühl.

Eine Unsicherheit. Eine Beliebigkeit. Alles, was geschah, geschah völlig zufällig und hätte auch ganz anders sein können. Irgendein Gott – der Handelspartner meiner Kindheit? – hat das in der Hand und tut, was er will. Das geht mich nichts an. Ob das einen Sinn ergibt oder nicht, ist nicht mein Bier. Ich nehme es hin und staune manchmal, wie alles sich so entwickelt.

Wo ist der Punkt, an dem sich Ihr Leben in Parallelwelten aufspaltet?, fragte Schrödinger. Können Sie das biografisch festmachen? Kindheit, Jugend, Adoleszenz? Vor zwanzig Jahren? Vor zehn? Ab wann wird es beliebig?

Das weiß ich nicht, antwortete ich. Das ist schon so lang, das kenne ich gar nicht anders.

Dann kam ein Anruf auf der anderen Leitung, und er musste Schluss machen.

Zum Abendessen mache ich einen Auflauf. Nudeln, Gemüse, Hühnerfleisch. Der Ofen duftet. Die Lampen brennen. Anne kommt zu spät, ich sitze allein am Tisch, esse und schaue nebenher die Nachrichten.

Tagsüber höre ich jetzt oft Musik. Nicht nur neben dem Schreiben her, auch sonst. Ich lege mich auf die Couch im Arbeitszimmer und höre Jazz. Oder Dire Straits. Oder Richard Bona.

Ich könnte mich auch aufs Wohnzimmersofa legen und über die teure Anlage hören, mit Kopfhörern. Aber lieber liege ich in meinem Zimmer im ersten Stock. Draußen vor dem Fenster wird es blau, das Watt dämmert ein, das Festland verschwimmt im Himmel, der Leuchtturm zeigt mit dem Strahlenfinger über die Insel.

Dann tue ich gar nichts. Liege und lasse die Gedanken treiben. Aber sie treiben gar nicht. Sie tummeln sich, schweigend. Sie besuchen mich wie abendliche Gäste. Illustre Gesellschaft, ich und meine Gedanken.

Das Hinuntergehen in die Küche ist dann wie ein Rauswurf, eine Vertreibung aus dem Paradies. Das Haus ist so still.

Erst, wenn die Herdplatte Wärme abgibt oder der Kühlschrank schüttert oder im Ofen das Licht angeht, kehre ich zurück aus der Vertreibung. Dann bin ich ganz nah dran, an den Dingen, am Machbaren, an dem, was Halt gibt.

Das sind meine besten Augenblicke an einem Tag.

Das Skandalöse an Schrödingers Katze ist ja, dass keiner versteht, was die Kopenhagener Deutung eigentlich aussagt, wenn sie behauptet, dass die Katze eine Wahrscheinlichkeitswelle sei, dass das Öffnen der Kiste diese Welle zusammenbrechen lasse, dass die Beobachtung über den Zustand des Systems entscheide. Heisenberg hätte dazu wohl nur gemeint, dass eine Frage nach dem Zustand des Systems *vor* dem Öffnen der Kiste sinnlos ist.

Er ist Physiker, und alle anderen normalen Menschen würden ihm beipflichten: Es zählt nur, was beobachtet wird. Aber die Frage nach dem, was dort *wirklich geschieht*, ob die Quantentheorie etwas beschreibt, was es tatsächlich gibt, oder ob sie nur unsere Möglichkeiten der Kenntnis davon beschreibt, das ist es, was mich so fasziniert.

Es bleibt doch die Frage, was im Moment des Zusammenbruchs eigentlich passiert. Was bringt einen Zustand zweier gleichberechtigter, einander ausschließender *Möglichkeiten* dazu, zu einem Zustand faktischer, eindeutiger *Wirklichkeit* zu werden?

Und warum finden wir dann gerade eine tote Katze vor? Wieso hat sich der Wahrscheinlichkeitszustand gerade für den Zerfall des Atoms und den Tod der Katze entschieden? Oder anders gefragt: Was geschieht mit der Möglichkeit der lebenden Katze, sobald die Wahrscheinlichkeitsfunktion zusammenbricht? Wo geht die hin? Hat sie, wie die Möglichkeit der toten Katze, nie existiert? Aber wie kann es dann zu einem Faktum kommen?

Das alles ist ungeklärt.

Ich habe als Ingenieur gelernt, mathematische Formeln und physikalische Gesetze anzuwenden.

Zwar wurde mir im Studium ein gewisses Verständnis für die dahinterstehenden Theorien nahegebracht, aber in der Praxis meines Berufes brauche ich das nicht. Es genügt, richtig zu rechnen.

Trotzdem hat mich das Warum immer interessiert. Ich wollte immer eine Erklärung, eine Deutung der Theorien, die ich verstehen und nachvollziehen konnte. Und so ist es auch bei der Frage nach der Wirklichkeit. Was heißt das: ein quantenphysikalisches System wird in ein klassisches überführt? Was geschieht mit der Möglichkeit der lebendigen Katze, die vor der Beobachtung existiert hat? Oder sind das alles nur Vorgänge in unserem Geist und ihnen entspricht nichts in der Realität? Wovon reden wir dann eigentlich?

Manchmal schreibe ich auch nichts. Dann höre ich Musik oder lese oder schaue fern. Ich muss nicht schreiben. Ich habe nicht die Verpflichtung, schreibend auf die Wahrheit meines Lebens zu stoßen. Ich muss überhaupt nichts.

Einen Becher Tee und drei Zigaretten. In Waltons Mountain muss die Lehrerin vertreten werden, und John-Boy liest einen Essay von Emerson, weil er wie immer einen großen braunen Umschlag von einem Verleger zurückbekommen hat. Kurz war ich im Garten und habe die alten Pflanzen aus den Töpfen geleert, in die Komposttonne hinterm Haus, wo noch die Reste des Weihnachtsbaums liegen. Im Garten kündigt sich der Frühling an, eine leichte, linde Luft, und auf der Terrasse der Sand von den Winterstürmen muss zusammengefegt werden.

Schrödinger meint, wir sollten uns öfter sehen. Das Telefonat und das, was ich über das Schreiben berichte, zeigten ihm, dass es notwendig sei. Ob ich einen zusätzlichen Wochentermin unterbringen könne. Klar kann ich das. Wenn es mir auch schwerfallen wird, mich zweimal die Woche auf die Fähre zu wagen.

Wenn ich aufs Festland fahre, ist das wie eine Übersetzung in eine andere Welt. Ich gebe meine Einsamkeit auf der Insel auf und betrete die Welt. Ich lasse etwas zurück. Ich reiße mich los. So irgendwie.

Wir haben nun den Mittwoch gestrichen und dafür Montag und Donnerstag vereinbart. Das ist mir recht.

Bei Schrödinger habe ich wieder von Schrödingers Katze angefangen. Ich solle einmal herausfinden, sagt Schrödinger, was daran mich so fasziniert. Ich weiß nicht, ob ich ihm das klarmachen kann. Ich habe mich seit dem Leistungskurs Physik immer schon für Quantentheorie interessiert. Ich weiß nicht, ob es dafür einen besonderen Grund gibt. Hat alles, wofür man sich interessiert, Gründe?

Von Richard Eder hält er viel. Das Sichentwerfen auf eine Er-Figur sei sehr heilsam.

Aha.

Er hat ja keine Ahnung, was das für Komplikationen nach sich zieht, was für abstruse Situationen. Ich habe versucht, ihm das mit dem doppelt entworfenen Ich zu erklären, aber er winkt ab. Machen Sie Ihre Erfahrungen, sagt er und wühlt mit den Fingern im silberflaumigen Fell seines Kätzchens. Und wenn Sie soweit sind, sagt er, gebe ich Ihnen eine schriftliche Hausaufgabe. Was der sich immer so ausdenkt.

Das Max-Frisch-Zitat hat er nicht gefunden, aber er zitiert es sinngemäß: „Lassen Sie jemanden erzählen, was er sich vorstellen kann. Je länger Sie ihm zuhören, desto mehr erkennen Sie die Geschichte, die er für sein Leben hält."

Wieso solche Umstände?, erwidere ich. Das kann Ihnen doch jeder erzählen, was er für sein Leben hält. Oder nicht?

Nicht unbedingt. Die meisten habe nur eine ungenaue Vorstellung davon, was die Geschichte ihres Lebens ist. Unbewusst wissen sie es natürlich. Viele sehen sich als Opfer, der Umstände oder von Menschen oder von Unglücksfällen, und irgendjemandem geben sie die Schuld dafür. Manche sehen sich als Täter und Gestalter und sind stolz darauf. Manche haben eine Schuld im Leben, für die sie sich selbst verurteilen.

Und ich? Sehe ich mich auch als Opfer?

Das wissen wir noch nicht. Sie könnten sich auch als Täter sehen und vor der Erkenntnis der Schuld davonlaufen. Das ist wie mit der Katze in der Kiste: Bevor wir hineinsehen, können wir nicht sagen, was darin ist.

Der Vergleich hinkt, sage ich. In dem Experiment geht es um den Zustand der Katze, sie ist ebenso tot wie lebendig. Das ist was anderes.

Da haben Sie Recht. Aber nicht ich habe die Katze zu einem Gleichnis gemacht.

Wie meinen Sie das?

Vielleicht geht es ja tatsächlich darum, endlich herauszufinden, ob jemand tot ist oder lebt.

Das verstehe ich nicht, sage ich. Was hat die Katze mit meiner Krankheit zu tun?

Das frage ich *Sie.*

So gibt er mir immer wieder den Ball zurück. Das macht er schlau.

Der Schrödinger. Das ist so eine Type. Sitzt da in seinem Ohrensessel, die Beine übereinandergeschlagen, in seiner Jeans und dem Streifenhemd und seinem Jackett mit den Lederflicken an den Ellbogen, mit seinem Pferdeschwanz und seinem Vollbart, sitzt und schaut mich an und notiert mit seinem goldenen Kugelschreiber in seinen Notizblock. Wenn er schreibt, schiebt er die Brille auf die Stirn, ist wohl kurzsichtig.

Er hat tatsächlich Bücher geschrieben. Zwei Stück. Stehen in seinem Regal hinter ihm. Ich habe sie mir angeschaut, das eine heißt *Schreiben als Selbsterfahrung,* das andere *Wie erzähle ich mein Leben? – Anleitung zur Selbsttherapie in Sinnkrisen.*

Zwei Sachen habe ich mir gemerkt: Man soll sein Leben neu erzählen, so umschreiben, wie man wollte, dass es gelaufen wäre. Kein Wunder, dass ihn meine erfundenen Lebensläufe so begeistert haben. Und dass man aufschreiben solle, welche Orte im eigenen Leben wichtig oder besonders schön oder besonders schrecklich waren und was man dort erlebt hat oder noch erlebt. Interessant. Auf die Idee wäre ich nicht gekommen.

Er hat angeboten, mir seine Bücher zu leihen, wenn ich sie lesen wollte. Aber das will ich nicht. Das Ganze ist mir unheimlich. Ich glaube, wenn ich noch mehr über das Schreiben weiß, kann ich gar nicht mehr schreiben.

Seine Katze will er mir natürlich nicht leihen. Das gehe mit Katzen nicht, die seien auf Orte orientiert. Auf der Insel würde sie sich nicht zurechtfinden, mein Haus wäre ihr fremd. Wenn ich das süße Kätzchen auf seinem Schoß sehe, wie es herumklettert und den eigenen Schwanz jagt und auf Schrödingers Daumen herumkaut, dann brächte ich es auch nicht übers Herz.

Soll ich mir eine Katze zulegen?, habe ich ihn gefragt.

Warum wollen Sie eine Katze?

Aber das weiß ich doch selber nicht.

Ich muss mal Anne fragen, wie es mit ihrer Allergie genau ist. Ob Katzen nicht vielleicht doch gehen. Sie hätte auch keine Arbeit damit. Ich würde mich selbst darum kümmern. Würde ihm beibringen, stubenrein zu sein, würde eine Katzenklappe einbauen für später, wenn es rauskann, würde das Katzenklo leeren, würde es auf meinem Schoß liegen haben, wenn ich am Rechner sitze, würde es kraulen, während ich daliege und Musik höre ...

Es ist immer dieses Bild, das mich dabei verfolgt: die wühlenden Finger im flauschigen Fell, die silbernen Haare, die pudrig abstehen und sich lösen und an den Fingern haften – ich weiß auch nicht, warum. Das Kätzchen schnurrt die ganze Zeit. Es genießt es, wenn man sich um es kümmert.

Anne will nicht, dass man sich um sie kümmert. Sie macht ihre Sachen alleine. Sie will nie getröstet werden. Anne ist eine Einzelkämpferin.

Deshalb habe ich sie ja geheiratet. Sie ist eigenständig, sie steht ihren Mann, wir sind gleichwertige Partner. Sie bewältigt das, was sie kann, ohne meine Hilfe. Und das, was sie nicht bewältigen kann, geht eben nicht. Dagegen grenzt sie sich ab, radikal. Das habe ich einmal selbst erlebt, als wir in Bremerhaven zusammenzogen und der Umzug sie an ihre Grenzen brachte. Die Wohnung musste selbst renoviert werden, der Vermieter wollte den neuen Boden nicht bezahlen, sie konnte in ihrer alten nicht bleiben und übernachtete auf Matratzen, und ich war völlig eingespannt mit dem neuen Weserprojekt, sodass ich ihr nichts abnehmen konnte.

Sie hat es versucht, solange es ging, und irgendwann sagte sie knapp und nüchtern zu mir: Es geht nicht mehr. Sie ließ die Wohnung, wie sie war, und kümmerte sich um nichts mehr.

Wir haben eine Menge Geld für den Boden bezahlt, weil ich mich mit dem Vermieter auch nicht herumstreiten konnte, ich suchte einen Anwalt auf, ja, aber scheute dann doch den Rechtsstreit, und wir mussten auch für die Renovierung einiges hinlegen, am Ende wurde es knapp mit dem Monatsbudget, aber sie hat das durchgezogen. Sie hat sich komplett verweigert. Da war nicht mit ihr zu reden.

Sie war kein bisschen hysterisch. Sie hat einfach gewusst: mehr geht nicht, und hat die Konsequenzen gezogen. Seither weiß ich, wann ich in die Bresche zu springen habe. Trost ist da nicht gefragt, sondern Selbstverantwortlichkeit. Ich bin dann derjenige, der zu entscheiden hat. Mit meinen Entscheidungen ist sie dann auch zufrieden, sie weiß ja, dass sie sich herausgezogen hat.

Manchmal sah es in diesen Tagen so aus, als würden wir doch nicht zusammenziehen. Jedenfalls nicht zu dem Zeitpunkt, den wir geplant hatten. Eigentlich hat sie das ganz clever gemacht: Sie hat den Termin in Frage gestellt, damit Zeit und damit Freiraum gewonnen. Das hat für sie auf einmal alles entspannt, und wenn ich nicht den Termin hätte unbedingt einhalten wollen, dann wäre nichts draus geworden.

Über Anne kann ich erzählen, über mich selbst nicht.

Nicht mehr, seit ich entdeckt habe, dass es ein erzähltes und ein erzählendes Ich gibt. Das ist die reinste Paranoia. Hinter jedem harmlosen Satz mit „ich" wittere ich eine Lüge oder zumindest Unwahrhaftigkeit. Denn wer dieses Ich ist, das erzählt, entgeht mir beim Schreiben völlig.

Ich kann nicht sagen: Ich habe den Beruf des Ingenieurs ergriffen, weil mir der Umgang mit Zahlen immer Spaß gemacht hat. Weil ich es mochte, wenn die Rechnungen glatt aufgehen und die Natur in einfache Gesetze aufgelöst wird.

Wenn ich es so sage, stimmt es nicht mehr. Da ist mein Studium und mein Beruf, ein Faktum. Da ist die Freude an Zahlen in der Schule, auch ein Fakt. Aber ob das Eine mit dem Anderen zu tun hat, ob die Verbindung zwischen beiden wirklich vorliegt, ist eine Behauptung. Eine Deutung. Das kann ich nicht wissen. Das kann ich nur erzählen.

Oder das mit Anne: dass ich sie geheiratet habe, weil sie nicht will, dass man sich um sie kümmert. So habe ich das immer gesehen. Irgendwie stimmt es. Aber wenn ich es so hinschreibe, zieht dieser Satz andere Sätze, andere Behauptungen, eine ganze Geschichte nach sich. Die Geschichte der Ehe von Richard Eder und Anne Holtgreve. Und dann stimmt es nicht mehr.

Aber selbst wenn ich erzähle und Fakten hintereinanderreihe, ohne „weil" und „daher" und „damit" – es ist eine Deutung. Ich kann mich an die Chronologie halten, sicher, aber warum erzähle ich zum Beispiel die eine Sache und die andere nicht? Warum wähle ich aus einem Sachverhalt dies und lasse jenes unerwähnt?

Mein Leben wird zu einem Knäuel aus ineinander verwickelten Fäden, zu einem unübersichtlichen Chaos. Die Erinnerungen sind wie Streiflichter, stroboskopartige Bilder ohne Zusammenhang. Wenn ich erzähle, muss ich Ordnung hineinbringen, muss sortieren, auswählen, in eine Reihenfolge bringen, bewerten und gewichten.

Das ist eine intellektuelle Tätigkeit, das erfahre ich hautnah. Wenn ich am Rechner sitze und überlege. Wenn ich einen Satz plane und den nächsten schon im Blick habe. Das ist eine wohltuende Reinigung und Klärung. Und wenn sie nicht gelingt, bleibt Unsicherheit, Angst, ja das Gefühl einer Bedrohung zurück.

Was ist das mit dem eigenen Leben? Warum kann man sich selbst nicht einfach erzählen?

Im Maße des nachlassenden Ich versinkt die Welt.

Das ist ein Satz wie ein eingeschlagener Nagel. An den kann ich mich halten.

Wieso soll Schrödingers Katze ein Gleichnis sein? Das ist ein quantenphysikalisches Gedankenexperiment. Da stecken Theorien und Überlegungen und ein mathematischer Formalismus dahinter.

Ich habe Schrödinger gefragt.

Nicht das Gedankenexperiment an sich ist ein Gleichnis, sagt er. Es ist es persönlich *für Sie*.

Für mich? Wieso soll es für mich ein Gleichnis sein?

Das ist doch offensichtlich. Es stellt eine völlig unentschiedene Situation dar. Keiner will in die Kiste schauen und die Katze tot finden. Und das alles wird mit der Unbestimmtheit der Welt oder der Quantenphysik begründet.

Psychisch gesehen ist das eine unerträgliche Lage. Nur der weltanschauliche Überbau kann das tragen helfen. Es muss eine für Sie schwer erträgliche Situation sein, die sich dann in dem Gedankenexperiment ihren Ausdruck sucht.

Das ist doch Quatsch!, sage ich, weil ich diese Art von Psychologisierung von allem Möglichen albern finde. Schon immer. Man kann aus allem was rausdeuten, wenn man will. Ich habe mich schon seit dem Abitur mit Quantenphysik beschäftigt. Und die Katze in der Kiste hat mich eben besonders fasziniert.

Faszination, sagt er, ist ebenso Anziehung wie Abstoßung. Man empfindet Zuneigung, aber auch Befremdung. Man will sich etwas, das man liebt und braucht, gleichzeitig vom Hals halten. Was könnte das sein?

Sie meinen, es gibt einen psychologischen Grund dafür, dass ich mich für Quantenphysik interessiere?

Seit wann fasziniert Sie denn das Gedankenexperiment?

Na, eben seit dem Abitur. Ich überlege. Oder nein, Schrödingers Katze kenne ich eigentlich seit Kiel. Ja, als ich das letzte Semester in Kiel studiert habe. Nach dem Studienplatzwechsel.

Und was ist da vorher passiert?

Was soll passiert sein? Ich habe den Studienplatz mit jemandem getauscht.

Warum?

Weil ich aus München wegwollte.

Und warum wollten Sie aus München weg?

Sie haben etwas Inquisitorisches, sage ich.

Schauen Sie, sagt er geduldig, stellt das übergeschlagene Bein auf den Boden und beugt sich vor, es gibt so etwas wie Verdrängung. Der Witz an der

Verdrängung ist, dass man sie nicht bemerkt. Man weiß auch nicht, dass man verdrängt, sonst würde sie nicht funktionieren. Es kann also sein, dass Sie sich an etwas, das damals passiert ist, nicht erinnern, weil Sie es verdrängt haben.

Ich bin platt.

Und wir versuchen herauszubekommen, ob es da etwas gibt, das Sie verdrängen, an das Sie sich nicht erinnern wollen und können.

Und wieso sagen Sie mir das erst jetzt? Dass Sie Schrödingers Katze für ein psychologisches Gleichnis halten?

Weil wir erst jetzt Grund zu dieser Annahme haben.

Das heißt, Sie hatten das nicht von Anfang an geplant?

Wir arbeiten mit dem Material, das Sie mir bringen. Und nun ist die Katze in der Kiste ein Anhaltspunkt.

Aber wenn es da etwas Verdrängtes in meinem Leben gäbe, sage ich bestürzt, das wüsste ich doch!

Eben nicht.

Aber, sage ich fassungslos, das könnte dann ja alles Mögliche sein! Wenn ich nichts davon weiß, dann ... dann könnte ich ein Mörder sein. Oder einen Banküberfall verübt haben. Was weiß ich. Das ist ja ein Alptraum.

Wir haben ja das Gedankenexperiment. Ihre Faszination dafür legt uns eine Spur. Es ist ein Gleichnis, wir müssen nur noch herausfinden, wofür.

Ich bin völlig verwirrt. Wofür soll die Katze in der Kiste ein Gleichnis sein?, frage ich ihn.

Für die Unbestimmtheit der Welt? Für die Unentschiedenheit Ihres Lebens? Das wissen wir noch nicht.

Immer, wenn er von sich redet, sagt er „wir". Er holt mich dann therapeutisch mit ins Boot. Das macht er schlau.

Ich solle einmal über diese Katze da in der Kiste nachdenken, sagt er. Welche Gefühle ich für sie hätte. Wie sie sich in der Kiste fühle. Lauter so Sachen.

Ich muss lachen. Das ist völlig verrückt.

Es ist eine Katze, nichts weiter. Es könnte auch ein Hund oder ein Meerschweinchen sein. Warum Erwin Schrödinger gerade eine Katze genommen hat, weiß ich doch nicht! Vielleicht hatte er eine zuhause. Das spielt doch keine Rolle.

Das ist mir alles zu paranoid. Wenn ich annehmen muss, dass es da eine verdrängte Erinnerung in mir gibt, von der ich nichts weiß, dann kann ich mir selbst nicht mehr trauen. Dann kann alles, was ich über mich und mein Leben denke, alles, was ich weiß, falsch sein. Dann wäre mein ganzes Leben eine Lüge!

Grauenhaft. Das kann nicht sein.

Ich muss Schrödinger sagen, dass mir das eine gewaltige Angst einjagt. Das kann nicht der Sinn einer Therapie sein. Angst habe ich schon genug.

Er geht da falsch vor. Er schätzt mich falsch ein. Er hätte wissen sollen, dass es das nur schlimmer macht.

Man kann einem Menschen durch so einen Verdacht nicht einfach sein bisheriges Leben wegnehmen, das, was er dafür gehalten hat. Wenn es da wirklich eine Unstimmigkeit gibt, dann muss man behutsam vorgehen.

Das muss ich ihm sagen. Er hat da einen Fehler gemacht.

Erwin Schrödinger hat sich 1935 dieses Gedankenexperiment ausgedacht, um die Absurdität der Kopenhagener Deutung aufzuzeigen und die Frage aufzuwerfen, was eigentlich geschieht, wenn man quantenphysikalische Prozesse in makroskopische Vorgänge überführt, oder anders gesagt: woher es kommt, dass in gröberen als quantenphysikalischen Bereichen weiterhin die klassische Physik gilt. Es ist *eine* Sache, dass Licht sich erst durch entsprechende Beobachtung als ein Teilchen oder als eine Welle manifestiert, aber eine völlig *andere*, dass eine Katze weder lebendig noch tot ist. Das war Schrödingers Anliegen, und das Gedankenexperiment gehört wesentlich zur Quantentheorie dadurch, dass es ihre Fragestellungen und kritischen Punkte besonders krass herausstellt.

Das ist es, was mich von Anfang an fasziniert hat. Wieso soll nun die Katze in der Kiste ein Gleichnis für mich sein? Wieso soll es einen psychologischen Grund, womöglich eine Verdrängung, dafür geben, dass mich der Gedanke der Unbestimmtheit der Welt fasziniert? Das ist doch eine Frage der Weltanschauung, des rationalen Nachdenkens! Das hat doch nichts mit Kindheitserlebnissen oder was weiß ich zu tun. Dann könnte man auch behaupten, dass Schrödinger Physiker wurde, weil er das dritte Kind war oder sowas.

Schrödinger gefällt sich darin, alles auf seine

Theorien zu beziehen. Auch von mir hat er sicher eine Theorie. Alle Psychologie in Ehren, aber man muss schon die Kirche im Dorf lassen! Jedenfalls finde ich sein Herumreiten auf der Katze in der Kiste ziemlich hanebüchen. Auch wenn es, wie ich schon gesagt habe, merkwürdig ist, dass ich sie in diesen Zeilen so oft erwähne.

Es wird wieder schlimmer. Ich habe schon den Eindruck gehabt, dass der Angstlöser langsam anschlägt. Das Angstniveau war gesunken, ich war ruhiger, das Verlassen des Hauses machte mir nicht mehr so viel aus.

Aber jetzt hat es einen Rückfall gegeben. Ich greife wieder zu Tavor.

Ich muss sagen, die zwei Termine pro Woche bei Schrödinger behagen mir gar nicht. Früher hatte ich immerhin eine Woche Zeit, darüber nachzudenken, das Besprochene sacken zu lassen. Jetzt habe ich das Gefühl, dass ein Impuls den nächsten jagt und ich kaum Zeit habe, das alles zu verarbeiten.

Morgens kommt nach Annes Weggang im Halbschlaf wieder die Angst. Ich versuche mir gut zuzureden, dass mir nichts passieren kann, dass die Tage sicher sind. Trotzdem schrecke ich aus den verworrenen Dämmerschlafbildern hoch und spüre, wie es mir heiß durch den ganzen Körper fährt.

Um halbelf habe ich genug, der Kampf dagegen hat keinen Sinn, ich kann den Tag nicht länger hinauszögern. Ich nehme eine Tablette.

Eigentlich soll ich sie, wenn die Wirkung des Angstlösers eingesetzt hat, nicht mehr nehmen, sagt der Neurologe. Aber das ist mir egal.

Die ersten Handgriffe, die ersten Schritte im morgendlichen Haus sind schlimm. Haltlos taste ich umher wie ein Schlafwandler, oder eigentlich das Gegenteil: überwach, schreckhaft, verletzlich. Der Tag ist völlig sinnlos und leer. Ich weiß nicht, was ich tun soll, und sitze auf dem Sofa in meinem Zimmer, wo ich sonst erst mittags zu den Waltons sitze.

An den Rechner will ich nicht, das ewige Schreiben hat auch keinen Zweck mehr. Es zeigt mir bloß, wie festgefahren und bedeutungslos mein Tagesablauf ist. Ich habe nichts anderes, die Arbeit ist ja verlorengegangen.

Ich ziehe mich an, hole mir etwas zu trinken, sitze auf dem Sofa. Da klingelt es, und der Postbote bringt mir die ersten Pakete, die ich im Internet bestellt habe. Die Comics. Es ist wie ein Geburtstagsgeschenk.

Oben im Arbeitszimmer ist es sonnig und hell. Immer, wenn eine Wolke vorbeizieht, wird alles leer und öde. Dann ist das Tag-für-Tag beklemmend eng.

Ich verstehe eigentlich gar nicht, wer ich bin, wo ich stehe, was das alles soll. Ich begreife nicht, was verlorengegangen ist und warum.

Manchmal kommt der Gedanke, dass ich es nicht mehr aushalte, dieses Aneinanderreihen sinnloser Augenblicke und Handgriffe. Dann wieder erkenne ich die Geborgenheit, die darin liegt.

Was soll ich tun, wenn ich es nicht aushalte? Schreiend aus dem Haus rennen? Mir mit dem Küchenmesser die Pulsadern aufschneiden? Koffer packen und in die Südsee fliegen? Das sind alles keine Möglichkeiten, das sind nur Dramatisierungen. Szenen aus dem Kino. Aber wirklich: Was soll ich machen?

Ich bringe die Tage zu mit Lesen, Fernsehen, Nachdenken. Musikhören. Seit acht Wochen. Eine Zwangspause. Eine ruhige Zeit, von der ich keine großartigen Erkenntnisse erwarte.

Ich selber bin auch ruhig und lerne viel über mich. Lerne mich von einer anderen Seite kennen. Ein Buch, ein Becher Tee, eine Fernsehsendung genügen auf einmal für einen ganzen Tag. Obwohl mich bei dem Gedanken daran manchmal Panik überfällt. Wie kann das genügen? So wenig?

Aber was soll sonst genügen? Es gibt keine großen Dinge mehr. Alles hat sich als Trug, als Illusion erwiesen. Ich will es nicht mehr. Kein Leben für die Arbeit, kein Nebeneinanderher mit Anne, keine ekelhafte Selbstzufriedenheit mit meiner Geschichte von Pulling bis Juist – das hat sich totgelaufen. Vielleicht bereitet sich gerade etwas Neues vor, das ich nicht sehen kann, so neu, dass ich es mir nicht vorstellen kann, oder besser: dass ich mir nicht vorstellen kann, dass es genügen wird.

Einen Becher Tee und vier Zigaretten. Den Tee mache ich mir in der ersten Werbepause, nachdem ich die erste Zigarette geraucht habe, und wenn ich ihn halb getrunken habe, rauche ich die zweite. In

Waltons Mountain hat Olivia Geburtstag und steht pünktlich vor dem Haus, wenn der Postflieger am Himmel vorüberzieht. Ihr Herz sehnt sich danach, ein Vogel zu sein, und deshalb wacht sie an diesem Tag mit der Frage nach ihrem Leben auf. Kleine Dinge am Rande, heißt es, können genauso wichtig sein wie die großen Dinge im Leben.

Ich halte mich an dieser Stunde Fernsehen fest. Sie ist unverzichtbar geworden. Dabei weiß ich nicht, welchen Trost ich darin suche. Es ist eben eine Stunde, in der ich nichts tun muss, in der ich nur sitzen und schauen, rauchen und denken kann.

Draußen scheint die Sonne, und der Spalt hellen Lichts zwischen den Jalousien wandert über den Fernsehschirm.

Ich habe neulich Vater in Freising angerufen, ihn gebeten nachzuschauen, ob meine alten Comics noch auf dem Speicher sind. Oh Kind, sagte er. Da soll ich jetzt raufsteigen und alte Sachen rauskramen. Aber er hat es getan und nichts gefunden. Schade.

Als ich dann im Internet nachforschte, tat sich ein ganz neues Reich auf. Ich erkannte die Titelbilder sofort wieder, und bei manchem Wiedersehen wurde mir ganz komisch. Was da an kindlichen Gefühlen wieder hochsteigt, wie das Lebensgefühl von damals sich sofort wieder einstellt, das wäre was für Schrödinger. Aber den interessieren ja nur Katzen.

Die alten Hefte kriegt man noch. Man kann sie ersteigern oder sofort kaufen, manche spottbillig, sodass ich mich schon wie im Wunderland fühlte, als ich meine Kindheitsschätze so günstig wiederbeschaffen konnte.

Ich habe mir also ein paar bestellt, und nach und nach kommen die Päckchen jetzt zu mir nach Hause. Das ist wie Weihnachten. Susanne, die Zustellerin, fragt mich schon, was denn los sei, es vergehe kein Tag, da sie nicht ein Paket für mich habe.

Jetzt liege ich oft auf dem Sofa im Arbeitszimmer und lese Comics. Zuerst habe ich mir die Bilder näher betrachtet. Sie sind eigentlich kaum der näheren Betrachtung wert. Aber ich habe die bunte, unschuldige Kinderwelt darin aufgespürt und will eben wissen, wie sie in den Bildern zustandekommt.

Mittlerweile lese ich die Geschichten einfach weg. Die Geschichten sind nichts Großartiges, aber sie funktionieren. Ich versinke darin und bin für Stunden nicht anzutreffen. Lese einfach und brauche nichts zu tun, nicht nachzudenken, kann einfach sein.

Vielleicht versuche ich, wieder Kind zu sein. Aber das kann ein Erwachsener ja nie.

Du regredierst, sagt Anne, wenn sie mich mit einem Comic sieht.

Meinetwegen. Das ist mir sowas von egal.

Die Comics tun mir gut, und wenn es zehnmal Realitätsflucht wäre!

Vor welcher Realität sollte ich denn fliehen? Die äußere ist mit Krankschreibung und Lohnfortzahlung und allem abgesichert. Und vor der inneren kann ich nicht fliehen. Im Gegenteil, ich bin jeden Tag damit konfrontiert. Ich kämpfe jeden Tag damit.

Aber vermutlich meint sie, ich solle mich um die

Lösung meines Problems kümmern, statt bunte Bildchen mit Sprechblasen anzuschauen.

Aber was ist mein Problem?

Darum geht es doch.

Was sagt Richard Eder dazu? Nichts. Er sagt überhaupt wenig. Er guckt mich bloß an, verlässt dann das Haus und geht seinen eigenen Angelegenheiten nach. Er radelt doch bloß wieder zur Westspitze und lässt sich übersetzen und legt in dem trutzigen Vogelwärterhaus auf der kargen Vogelinsel die kleine Jenny Overbeck flach. Vögeln unter Vögeln. Das ist alles, was ihm einfällt. Von wegen nur ein wenig Geborgenheit. Er ist wie alle Männer. Er will auch nur immer das Eine. Er will sich um nichts kümmern, für nichts Verantwortung übernehmen, er will nur leben. Ich bin froh, dass ich nicht er bin.

Als wir die Nachrichten schauen, sage ich unvorsichtigerweise zu Anne das mit dem Tag-überstanden-haben.

Was heißt hier den Tag überstanden?, sagt sie verwundert.

Wenn sie diesen verwunderten Ton hat, weiß ich, dass sie sich in Wahrheit ärgert.

Was gibt es für dich da zu überstehen?

Ich bin ein Held, sage ich provozierend. Ja, ich bin ein Held.

Ein Held? Du? Jetzt giftet sie. Wenn du bis mittags im Bett liegst und Comics liest, deine Waltons schaust und Tee trinkst und irgendwelche merkwürdigen Sachen am Computer schreibst?

Du hast keine Ahnung, was für Kämpfe ich ausfechte den ganzen Tag, sage ich. Wie das ist, die Angst dauernd zu spüren und niederkämpfen zu müssen, um bloß rausgehen und Brötchen holen zu können. Wie das ist, nicht aufstehen zu wollen aus Angst –

Du hast Recht!, sagt sie schrill. Ich weiß nichts davon. Und ich will es auch nicht wissen! Ich will davon nichts hören, klar? Ich habe genug damit zu tun, alles am Laufen zu halten jetzt, wo du ausfällst.

Alles am Laufen halten? Was meinst du?

Wie soll das denn werden, wenn du noch ein paar Monate krankgeschrieben bist? Irgendwann kriegst du auch kein Krankengeld mehr. Und mit meinem Verdienst allein können wir das Haus nicht abbezahlen, das weißt du.

Sie setzt sich aufs Wohnzimmersofa und stützt das Gesicht in ihre Hände. Ich traue meinen Augen nicht, aber ich glaube, sie weint.

Jetzt hör mal, sage ich. Das wird schon wieder werden. Ich werde nicht ein halbes Jahr krank sein.

Bei Burnout ist das keine Seltenheit. Manche geben sogar ihren Beruf auf!

Sie holt ein Papiertaschentuch hervor und schnäuzt sich. Wie immer kriegt sie gleich knallrote Augen.

Ich glaube nicht, dass das Burnout ist. Ich hatte keinen allzu großen Stress in der Arbeit. Das ist was anderes.

Und was denn? Bitte schön: Was denn?

Ich weiß es nicht. Ich kann es mir auch nicht erklären.

Was sagt denn dein Schrödinger dazu? Oder der Neurologe?

Das ist nicht *mein* Schrödinger. Und der Neurologe meint, mit Tabletten könnten wir das soweit hinkriegen, dass ich wieder arbeiten kann. Zumindest Teilzeit.

Wie soll denn das gehen auf deinem Amt? Da gibt es doch keine Teilzeitstelle!

Darum geht es jetzt nicht. Schrödinger und ich, wir sind da ja dran. Ich glaube, dass er weiß, was er macht.

Lässt dich hier stundenlang irgendein Zeug am Computer schreiben! Was bringen denn die ganzen Stunden, die du bei ihm hockst? Da muss sich doch endlich mal was tun!

Sie weint wieder.

Ich begreife, dass sie überlastet ist. Dass sie Angst hat. Für sie geht es schon ums Überleben.

Was soll ich sagen? Dass ich auch keine Ahnung habe, worauf Schrödinger hinauswill? Dass es vielleicht viel mehr auf mich ankommt als auf ihn? Dass so etwas Zeit braucht und sechs Wochen gar nichts sind? Dass ich noch nicht einmal weiß, was mein Problem *ist*?

Ich setze mich rüber zu ihr und nehme sie in den Arm. Überraschenderweise lässt sie sich diesmal trösten.

Komm, ich mach dir einen heißen Kakao, sage ich und gehe in die Küche. Ich weiß, dass es sie beruhigt, wenn sie mich in der Küche hantieren hört.

Entschuldige, sagt sie schniefend. Ich weiß auch nicht, was mit mir los ist. Das ist einfach so herausgebrochen ...

Für dich ist es auch nicht leicht, sage ich und verschweige, dass Schrödinger mir eine Adresse in Norden gegeben hat, wohin sich Angehörige von Patienten wenden können, um selber die Zeit durchzustehen.

Das kriegen wir schon gemeinsam hin, sage ich, als wäre *sie* krankgeschrieben.

Gemeinsam?, sagt sie. Aber die Skepsis klingt schon wieder ironisch.

Was für ein Schlamassel! Und laut Schrödinger alles bloß, weil ich diese Katze in der Kiste so faszinierend finde.

Ich lese nicht nur Comics. Seit einiger Zeit habe ich angefangen, Bücher zu lesen. Habe ich im Studium auch getan. Nicht nur Fachliteratur. Ich habe Schrödinger gebeten, mir ein paar Titel von Max Frisch zu nennen, die ich lesen könnte. Vielleicht zum Thema „Erzählen Sie Ihr Leben". Ich habe sie bei der Buchhandlung im Ort bestellt und vorgestern abgeholt, beim Einkaufen.

Ich habe mich auf dem Kurplatz auf eine Bank gesetzt, die Sonne wärmte trotz Wind, es wird Frühling, auch auf der Insel. Bald haben wir April.

Schön, so dazusitzen mit einem Buch in der Hand, als wäre ich wieder Student. Der makellose Einband, die Steife der Bindung, der Buchblock, der sich nur widerständig aufblättern lässt. Das hat mir sehr gefallen.

Es war noch zu kühl, um lange zu lesen. Ich habe mit *Stiller* angefangen, der Anfang ist genial: Da kauft man ein Buch mit dem Titel *Stiller*, und der erste

Satz, den man liest, lautet: *Ich bin nicht Stiller!* Das ist klasse.

Ansonsten hat mir der Roman nicht so gefallen. Spannend ist, wie er gegen die Identität kämpft, die man ihm aufdrückt, aber die ganzen Erzählungen aus den verschiedenen Leben langweilen, das fleischfarbene Stoffpaket finde ich ekelhaft und den Schuss in die Torte bloß albern.

Ich habe es nach hundert Seiten weggelegt und mit dem zweiten angefangen. *Mein Name sei Gantenbein.* Das ist die Thematik, die Schrödinger meint. Das Gespräch mit dem Barmann ist witzig, aber die ständigen Verkleidungen und Vorstellungen und die Ehe mit Lila langweilen mich auch. Irgendwie kommt das Ganze nie auf den Punkt. Mir fehlt die Pointe.

Dann habe ich Krimis versucht und auch ein Buch zur Quantenphysik, um zu sehen, was sich bisher Neues getan hat, aber das hat mich alles nicht gefesselt. Schließlich bin ich auf Reiseberichte verfallen, da gibt es eine Reihe von einem Verlag, der Kurzreportagen und Impressionen von allen möglichen Orten der Welt bringt. Das lese ich gerne.

Ich habe richtig Lust auf exotische Orte. Aber auch die bekannten Orte durch die Augen eines Reisenden zu sehen, ist interessant. Zwei Bände gibt es über die Ostfriesischen Inseln, einen über Nordfriesland. Die habe ich mir gekauft.

Nebenbei habe ich Anne erzählt, für wie viel Geld ich ein seltenes Comic ersteigert habe. Sie fragte mich, wie viel ich denn schon für die Comics ausgegeben hätte diesen Monat. Ich wusste es nicht, habe aber nachgerechnet. Es müssen so hundertfünfzig, zweihundert Euro sein. Du bist ja verrückt, sagte sie. Das kriegen wir schon hin, sagte ich. Ich war auch ein wenig erschrocken, aber das hält mich nicht davon ab.

Warum muss die Katze in der Kiste eigentlich immer tot sein?, fragte mich kürzlich Schrödinger. Könnte sie nicht auch lebendig sein? Was wäre dann?

Natürlich kann sie auch lebendig sein, sagte ich zuerst. Das ist ja völlig unentschieden.

Aber für Sie scheint klar zu sein, dass Sie eine tote Katze finden, wenn Sie hineinschauen. Woher kommt das?

Darauf hatte ich keine Antwort.

Ich habe darüber nachgedacht, welche Orte in meinem Leben eine besondere Bedeutung hatten. Mit den negativen habe ich angefangen.

Die Grundschule in Freising. Die Zeit nach dem Umzug war fürchterlich. Ich weiß noch, wie ich am allerersten Tag meine Comics mitgebracht hatte, um mich in der Großen Pause einzuigeln. Einige Klassenkameraden kamen her und taten ganz freundlich, borgten sich die Hefte aus, und als ich sie bei Schulschluss zurückhaben wollte, leugneten sie, sie jemals in Händen gehabt zu haben. Die Lehrerin war schon weg, und am nächsten Tag hatte ich keine Chance mehr, irgendetwas zu klären oder einzufordern. Die Hefte waren weg, und die Kameraden lachten über mich. Ich war wirklich ziemlich naiv gewesen.

Der Supermarkt in Freising, wo Vater arbeitete und ich ihn manchmal zu Feierabend abholte. Die kleine Kammer, in der ich auf ihn wartete, die Regale voll mit irgendwelchem Kram, der Geruch der Pappkartons und des Desinfektionsmittels von der Mitarbeitertoilette, und das öde Warten. Das habe ich gehasst.

Später habe ich draußen vor dem Gebäude gewartet und zugeschaut, wie der Abend kam. Wenn es dann aus irgendeinem Grund länger dauerte und die ersten Mitarbeiter den Markt schon verließen, Vater aber nicht kam, fühlte ich mich ziemlich verloren. Ich hatte Angst, dass er gar nicht mehr kam und ich bis in die Nacht hier stehen müsste. Diese Straße habe ich gehasst, die Linie Fünf, deren Busse im Halbstundentakt kamen, der Gestank der Dieselauspuffgase, die Leute an der Haltestelle, in Mäntel gemummelt, sprachlos, mit verkniffenen Gesichtern. Meine Güte, frage ich mich, wie lange bin ich denn da gestanden, dass ich den Halbstundentakt der Busse kennen konnte? Oder weiß ich das erst im Nachhinein?

Das Schlafzimmer meiner Eltern in Pulling. Das Krankenbett meiner Mutter. Wenn ich an den Geruch der Salbe denke, mit denen die wundgelegenen Stellen eingeschmiert wurden, könnte ich heute noch kotzen. Aber mir könnten auch die Tränen kommen. Das war ein Angstort und ein Ort der Geborgenheit, beides zugleich. Seltsam.

Dann die positiven. Zuerst fällt mir die Dachkammer ein in Pulling, in die ich mich zurückgezogen habe nach dem Mittagessen und wo ich Comics gelesen habe. Statt Hausaufgaben zu machen. Immer zuerst eine Stunde in der Dachkammer auf dem Speicher. Ich erinnere mich an die Hitze im Sommer und den Geruch von altem Holz und Staub. Es roch süßlich und ein bisschen nach Gummi. Manchmal, wenn geputzt worden war, roch es von unten herauf nach Seife. Im Winter wickelte ich mich in eine alte Steppdecke ein und sah die Eisblumen am Dachfenster.

Das ist ein Ort der Ruhe und der Versunkenheit. Da oben vergaß ich alles. Heute würde ich sagen: Da kam ich zu mir selber, aber damals hatte ich noch keinen deutlichen Begriff von mir. Ich war einfach da, fühlte mich wohl, las Comics.

Ich habe Jenny noch einmal angerufen und mich mit ihr verabredet. Diesmal will ich hingehen.

Was will ich von Jenny? Ich würde sie gerne besuchen, würde gerne mit ihr in der Küche des Vogelwärterhauses sitzen am Resopaltisch und mit ihr reden. Auf keinen Fall will ich Händchen halten oder ihr verliebt über die Wange streicheln. Das ist eine Sache für Richard Eder.

Ich werde hingehen, zur Westspitze, und bei Hochwasser auf sie warten.

Die Westspitze ist auch so ein Ort, der mir etwas bedeutet. Der lange Hinweg durch Loog hindurch und im Wind gehört dazu.

An der Westspitze hört das Land auf. Buchstäblich, ich kann es sehen: Sand, Schlick, strömende Wasser. Dort geht es nicht weiter, man muss innehalten und übers Meer blicken, als wäre das die Fortsetzung des Weges mit anderen Mitteln, als stünde ich vor einer Wanderung, die ich ganz anders fortführen werde.

Aber ich breche zu dieser Fortsetzung nie auf. Der Wind, die Vögel, das flirrende Watt, Borkum am Horizont, die Weite – das genügt mir.

Das ist ein Ort, den ich auch mit Anne verbinde. Wir waren oft dort, seit wir auf die Insel gezogen sind. Ich habe den Eindruck, er bedeutet ihr Ähnliches wie mir. Dann das Einkehren in der Domäne, bei Sven, Kaffeeduft und Rosinenstuten, Besteckgeklapper, das Stimmengewirr der Ausflügler. Da habe ich das Gefühl, dass mir nichts passieren kann. Ein guter Ort.

Und dann der Rückweg, nach Hause, gesättigt, ausgeruht, ein wenig schläfrig. Das Heimkommen, der Schlüssel im Schloss. Unser Rückzugsort. Dann hört es auf. Dann ist der Alltagstrott wieder da.

Mir wird eines klar: Ich will nicht mehr zurück in mein altes Leben. In den Stumpfsinn, in das öde Tag-für-Tag. Es ist nicht so, dass ich viel erleben will und Abenteuer haben und sowas. Fernreisen, fremde Kulturen kennenlernen. Das auch, ja, aber es ist nicht der springende Punkt. Der springende Punkt ist: Ich will nicht mehr der Alte sein.

Ich will mein Leben anders leben. Ich will, dass sich mein Leben anders anfühlt. Ob ich dazu ein neues Leben brauche, weiß ich nicht. Aber ich, ich muss ein Neuer werden.

Schrödinger hört interessiert zu.

Holen Sie doch endlich die Katze aus der Kiste!,

sagt er. Das ist ja nicht zum Aushalten!

Wieso ich? Ich halte sie doch nicht darin fest.

Natürlich, sagt er und grinst. Sie sitzt nur noch da drin, weil Sie sich nicht trauen hineinzuschauen.

Na ja, sage ich und grinse auch. Solange sie da drin ist, besteht die fünfzigprozentige Wahrscheinlichkeit, dass sie lebt.

Aber Sie haben doch überhaupt nichts davon, dass sie lebt, wenn sie in der Kiste ist!

Ich habe auch nichts davon, wenn ich die Kiste aufmache und sie tot ist.

Doch. Dann haben Sie wenigstens eine tote Katze. Damit können Sie anfangen zu leben, sagt er.

Ich will lieber eine wahrscheinlich lebende in der Kiste als eine faktisch tote draußen.

Und wissen Sie was? Genau das ist Ihr Problem. Er meint das ernst.

Wie meinen Sie das?

Ich habe das Gefühl, die Katze ist jetzt schon so lange da drin, dass sie auf jeden Fall tot ist. Aber Sie wollen nicht nachschauen, weil Sie lieber mit Möglichkeiten leben als mit Fakten. Weil Ihnen unsterbliche Möglichkeiten lieber sind als vergängliche Lebewesen!

Solange sie da drin ist, besteht sie als Möglichkeit fort, beharre ich. Keiner hat etwas davon, wenn ich in die Kiste hineinschaue.

Doch, sagt er. *Sie* haben etwas davon! Sie bekommen ihr Leben zurück!

Alternativer Lebenslauf:

Richard Eder wurde als zweites Kind des Einzelhandelskaufmanns Otto Theodor Eder und der Hausfrau Roswitha Eder, geb. Zierngiebl, am 15. November 1968 in Pulling, Kreis Freising geboren. Seine Schwester Maria ist zwei Jahre jünger als er, sein Bruder Michael ein Jahr älter.

Im Jahr 1975 trat Richard in die Grundschule in Pulling ein und besuchte dann vier Jahre später das Gymnasium in Freising bis zum Abitur 1988.

Die Familie blieb in Pulling wohnen, die Mutter erfreute sich bester Gesundheit, und der Lebensmittelladen der Familie sicherte ein ausreichendes Einkommen.

In der reformierten Oberstufe des Gymnasiums lernte Richard seine spätere Frau Franziska kennen, mit der er ab 1990 – nach fünfzehn Monaten Ersatzdienst als Essensfahrer bei einer kirchlichen Einrichtung – in München studierte.

Trotz seiner mathematischen Begabung wählte Richard Germanistik und Psychologie als Studienfächer, weil ihm, so sagte er, der Umgang mit der deutschen Sprache und Literatur große Befriedigung verschaffe und weil er immer schon am Menschen und seiner Seele interessiert gewesen sei.

Noch vor Abschluss des Lehramt-Studiums heiratete er Franziska und zog mit ihr zusammen.

Nachdem beide ihr Studium abgeschlossen hatten, arbeiteten sie zunächst gemeinsam in einem Münchner Verlag, bis Richard den Sprung wagte und als freier Schriftsteller sich etablierte. Sein erster Roman erschien 1998, gewann mehrere Preise und zeitigte einen achtbaren Erfolg.

Ein Jahr später zog er mit Franziska auf die Südseeinsel Samoa und richtete sich dort in einem eigenen Haus ein.

Weitere literarische Erfolge schlossen sich an; die Themen seiner Romane kreisten nun um das Thema des Lebens in der Fremde und des Heimatbegriffs. Der Sohn Richard und die Tochter Anna wurden geboren.

Richard ist nach eigenen Angaben mit seinem derzeitigen Stand, aber auch mit dem Lauf seines Lebens insgesamt sehr zufrieden. Der Kontakt zur Familie in Deutschland ist nach wie vor eng, und Richards Geschwister haben ihn dort am Ende der Welt bereits mehrmals besucht.

Was mir noch einfällt: der Alte Bootshafen in Kiel, zwischen Altstadt und Schwedenkai. Den haben sie inzwischen umgebaut und neu gestaltet, das hatte er nötig. Damals war er noch eine brackige Wasserfläche zwischen hohen Spundwänden, die vor sich hin gammelten, das Wasser häufig von dicken Algenkissen durchzogen, grünbraun und dunkel, und wenn der Wind abfiel, stank das Ganze wie ein verwahrlostes Seehundbecken.

Da bin ich manchmal gesessen, in diesem einen Jahr, als ich das Studium zu Ende brachte. Der Passagierhafen war mir zu umtriebig, und in der Altstadt gab es mir zu wenig Wasser. Also kam ich hierher. Ich suchte das Wasser. Und das Verwahrloste, das Morbide zog mich an.

Gerade weil der Ort nicht städteplanerisch gestaltet war und dem Bürger nichts bot als einen Platz zum Sitzen und eine Wasserfläche, gefiel er mir.

Ich holte mir bei einem Imbiss etwas zu Essen, setzte mich an den Rand und ließ die Beine baumeln, stopfte zuerst die Fritten in mich hinein und mampfte dann den saftdurchweichten Hamburger, und wenn ich fertig war, drehte ich mir eine Zigarette und blies blaue Rauchsignale über das Becken.

Oder hatte ich in Kiel schon aufgehört mit dem Rauchen? Das weiß ich nicht mehr. In München hatte ich noch geraucht, das weiß ich. Aber nachdem es zwischen Franziska und mir aus war, wollte ich wohl einen radikalen Schnitt machen. Vielleicht habe ich das Rauchen auch erst mit dem Studentendasein aufgegeben.

Jedenfalls liebte ich diese Nachmittage mitten in der Stadt, nach der letzten Vorlesung. Kiel war ja nicht groß, kein Vergleich mit München. Außerdem lagen nicht die föhnklaren Alpen vor der Haustür, sondern ein Meer, und hanseatischer Backstein bestimmte das Stadtbild statt fürstlicher Barockfassaden.

Ich rede wie ein Reiseführer.

Aber es ist auch so: Ich sehe den jungen Richard da sitzen, am Rand der Altstadt, an diesem Bootshafen, und habe nichts als den Panoramablick. Bei Zoom komme ich ihm näher, aber wenn ich mich an die Gerüche und das Gefühl, dort zu sitzen und alles Weitere erinnere, bricht der Film ab und ich bin wieder ich, kann dann aber nicht mehr erzählen. Ich habe dann nur noch dieses Gefühl, und das ist keine Vergangenheit. Das gibt es noch, das ist Gegenwart in meiner Seele, und ich muss mir eigens sagen, dass es dieses Gefühl und diesen Richard nicht mehr gibt.

Aber natürlich gibt es ihn noch. Das ist vielleicht das Fatale an Erinnerungen.

Und dann fällt mir auch gleich Lehe ein, in Bremerhaven. Ich hatte da meine erste eigene Wohnung, also keine Studentenbude, weil ich ja den Job beim Wasser- und Schifffahrtsamt hatte. Das war die Zeit, in der ich Anne kennenlernte. Ich habe sie oft ins Freilichtmuseum im Speckenbütteler Park eingeladen, besonders der Geestbauernhof hat mir gefallen. Der sandige Boden, die Höhe über dem Hafen und der Marsch, die Wäldchen drumherum und die Fachwerkhäuser, das war für mich eine richtige Idylle. So wollte ich leben, damals. Ob diese Sehnsucht das Verliebtsein in Anne begünstigt hat oder umgekehrt, weiß ich nicht. Jedenfalls hat der Geestbauernhof sicher die Entscheidung beeinflusst, nach Juist zu ziehen, obwohl das ja nun eine andere Landschaft war. Vielleicht erinnerte mich der Hof auch an die Höfe meiner bayrischen Heimat, auch wenn das wieder eine andere Landschaft ist.

Woran erinnere ich mich hier? An den sandigen Boden, der überall durchkam, im Gras, auf den Wegen, im Wald. Buchen wuchsen hier, das helle Frühlingslicht schien direkt vom Meer zu kommen und verwandelte ganz unmaritim dieses Fleckchen in eine Bauerninsel. Ich saß auf der rissigen Holzschwelle eines Hauses und genoss die Wärme, die Sonne, das behäbige Treiben auf dem Hof. Spaziergänger, Besucher, umherlaufendes Federvieh. In den Häusern roch es nach Firnis und altem Holz, nach Staub und Lehmboden, nach Dämmerlicht und urgoßväterlichen Zeiten. Es gefiel mir, wie hier die Zeit verwahrt wurde. Nur noch Spuren, stumme Zeugen, wie man so sagt, aber es war noch sichtbar, das Alte. Es wirkte noch in die Gegenwart hinein, meine Gegenwart. Es schenkte mir Träume von Ländlichkeit und Heimat, von Geborgenheit und Zufriedenheit.

Anne schien dafür auch empfänglich. Sie sagte nicht viel dazu, aber wie sie das Gesicht in die Sonne hielt und blinzelte, wie sie tief einatmete und schwieg auf den Gängen über die Wege, wie ihre Sohlen auf dem Sand knirschten, das war mir Einvernehmen genug.

Statt Bauernhofidylle ist es nun ein Inselhaus geworden. Ich muss Anne mal fragen, weshalb eigentlich. Vermutlich hatte ich immer noch das Wasser gesucht. Kein Hafenwasser mehr, sondern das Meer. Und der Bauernhof sollte ja auch eine Insel sein.

So erkläre ich mir das heute. So kann ich das heute erzählen. Aber ich will ja gar nicht erklären oder erzählen. Ich will mich erinnern: Das Freilichtmuseum in Lehe ist ein bedeutungsvoller Ort für mich. Er bedeutet Träume, Verliebtheit, er bedeutet Anne und die Aussicht auf ein gemeinsames Leben, er bedeutet Muße und Frieden und das Bedürfnis, mein Leben anders auszurichten.

Was geblieben ist, ist der Geruch dieser Häuser und ihre Stille, die von der Nutzlosigkeit kommt. Ein Haus ist kein Haus mehr, wenn es nicht genutzt wird.

In unserem Haus gibt es zu wenig Holz. Der Backstein ist besser als Beton oder Gipsplatten, aber Holz wäre mir lieber. Wir haben es gekauft, nicht gebaut. Ich habe Anne eigentlich noch nie gefragt, ob ihr unser Haus genügt. Ob sie noch den Traum vom Geestbauernhof hat.

Ob das überhaupt so gewesen war.

Ob es eine Wahrheit in unserer Ehe gibt.

Plötzlich wird es mir klar: Ich stelle mich selbst dar in diesen Zeilen! Ich schreibe nicht einfach vor mich hin oder versuche zu erzählen: Ich liefere einen Selbstentwurf von mir. Wem, das scheint zweitrangig. Das verrät sich an vielen Stellen. Manchmal scheint es ein selbstvergessenes Erzählen zu sein, Erinnerungen oder Reflexionen, aber nie verliere ich das Eine aus dem Blick: dass mir jemand zuhört. Dass da ein Jemand ist, dem ich mich vorstelle.

Ist das Schrödingers imaginärer Leser? Oder bin das nicht vielmehr *ich selbst*?

Am Anfang habe ich mich vorgestellt, mit Namen und Alter. Das brauche ich mir selbst nicht zu sagen, denn ich weiß es ja. Vielleicht habe ich da noch an Schrödinger gedacht oder irgendeine anonyme Kommission, auf deren Prüfstand ich stehe. Aber jetzt weiß ich: Ich stelle mich mir selbst vor. Ich lasse mich reden und erzählen und tue zugleich so, als hörte ich mir selbst zu und kennte mich nicht.

Ich erfinde mich und sehe mir das Produkt an und bin doch immer noch im Erfinden drin. Wie geht das? Ich kann mich während des Schreibens ja nicht wirklich in zwei Ichs aufspalten, das erzählende und das erzählte Ich sind immer noch identisch. Ist das der Trick bei der ganzen Sache?

Wer bin ich in diesen Zeilen? Stimmt es, dass meine Lebensgeschichte, mein Lebensentwurf durchschimmert? Aber wer kann ihn aufspüren? Das wäre eigentlich Schrödingers Job, aber er liest ja gar nicht. Ich bin damit allein. Stehe vor dem Spiegel und führe Selbstgespräche. Oder noch schlimmer: Durch meine Selbstgespräche entsteht erst das Bild im Spiegel!

Bin ich damit zufrieden, was ich sehe?

Was sehe ich denn?

Für das Spiegelbild bin ich blind. Ich nehme es immer noch als mich. Hier versperrt die Identität den Blick auf die Wahrheit. Die Wahrheit im Spiegel.

Ich drehe noch durch.

Was hat mir das Nachdenken über erzählendes und erzähltes Ich und das Beobachtetwerden beim Schreiben eigentlich gebracht?

Es soll Sie nur auf die Spur bringen, sagt Schrödinger. Es soll Ihnen zeigen, wie Sie mit sich selbst umgehen.

Es bleibt unheimlich. Immer ist da irgendjemand, der im Hintergrund die Fäden zieht. Ein fremder Kerl, der in meinem Kopf sitzt und den ich nicht sehen kann, so genau ich auch aufpasse beim Schreiben. Wie wenn man seinen Hinterkopf sehen will.

Das gibt mir ein Gefühl, als wäre eine höhere Macht am Wirken. Nicht unbedingt Gott, aber eine Macht in mir selbst, die weiß, wo's langgeht. Aber da ich darauf vertraue, dass diese Macht auch nur ich bin, so wie ich, kann es mir egal sein.

Ich habe mich daran gewöhnt. Wenn beim Schreiben immer ein Hintersinn dabei ist, gut und schön. Ich muss ihn nicht erkennen können, ich brauche auch keine Theorie, um zu verstehen, was vorgeht – Hauptsache, es funktioniert!

Es bleibt unheimlich, wie gesagt, aber es ist auch ganz witzig. Das ist so wie bei der Quantenphysik. Man hat einen Formalismus und kann damit rechnen, kann die irrwitzigsten Kapriolen anstellen, kann die Zeit stillstehen und rückwärts laufen lassen, kann die Zeit als vierte Raumdimension ansehen und Gravitation als Raumzeitkrümmung und weiß bei all dem doch nicht recht, was man tut, was das wirklich bedeutet, ob das überhaupt real ist oder bloß dem Formalismus entspringt. Hauptsache, es kommt ein Ergebnis heraus, mit dem man leben kann.

Und darauf bin ich gespannt.

Simon and Garfunkel. Ich höre die CD gern. Lieder aus einem leichtmütigen New York. Großstadtleben. Der Brückensong, gepfiffen. Gitarrengeschrammel. Für Emilie, wann immer ich ihr begegnen werde, und: Ich fühl' mich groovy. Das hat mir als Fünfzehnjähriger schon gefallen. Da wollte ich nach A-merika auswandern. Blauäugig. Dieses Amerika hatte mit der kapitalistischen Großmacht, die sich in Vietnam und Irak einmischte und Schwarzen eigene Wasserspender vorschrieb, nichts zu tun.

Das war nur ein Traumbild, aber davon wollte ich damals nichts wissen; als ich studieren ging, erwartete ich wahrscheinlich einen amerikanischen Campus mit Parks und klassizistischen Hörsaalgebäuden und väterlichen Mentoren in den Seminaren. Ich weiß nicht. Das ist eine Vermutung, eine Deutung im Nachhinein. Irgendwie muss man ja die ganzen disparaten Einzelheiten unter einen Hut kriegen.

Noch heute liebe ich den Film *Reifeprüfung*. Wie

Benjamin Braddock seine Elaine auf dem Campus besucht, die schnurgeraden Straßen nach Kalifornien, die er mit seinem Spider entlangfährt, die Studentenbude, die er mietet – das habe ich mir wohl alles gewünscht.

Warum?

War das bloß Fernweh, aus dem provinziellen Freising kommend?

München war nicht weniger provinziell. München würde ich keine Weltstadt nennen, tut mir leid, auch wenn ich jetzt sämtliche imaginäre Leser aus München verärgere.

Wo ist das hingegangen während des Studiums? Und was ist das eigentlich?

Der Wunsch nach einem alternativen Leben? Oder mehr?

Verdammt, man hat einfach keine Ahnung von seinen eigenen Träumen.

Und in der Erinnerung sehe ich immer noch Franziska aus einem klassizistischen Hörsaalgebäude kommen, die Bücher unterm Arm, plaudernd mit ihren Kommilitonen, wie im Film Elaine, und ich schaue zu ihr hinüber und winke ihr, ich bin nicht bloß ein Zaungast und Eindringling, ein zielloser Taugenichts begüterter Eltern, nein, ich bin selbst Student und habe ein Recht, dort zu sein. Ich gehöre dazu.

Ich winke.

Franziska winkt zurück.

She once was a true love of mine.

Sie war einst meine große Liebe. Das ist auch so ein Satz. Das ist auch so eine Geschichte. Jetzt bin ich doch irgendwie bei Franziska gelandet. Ich dachte, das hätte sich mit unserer Trennung damals erledigt.

Was heißt hier große Liebe? Was verbindet mich mit Anne? Ist das keine Liebe?

Und woher kriegt man eigentlich seine Vorstellungen davon, was Liebe ist? Heutzutage wohl vor allem aus dem Fernsehen. Von den Eltern vielleicht noch, aber höchstens, würde Schrödinger sagen, als Kontrastfolie.

Liebe hat im Film viel mit Leidenschaft und Gefühl zu tun. Liebe ist etwas, das die Menschen überfällt, man kann es sich nicht aussuchen und nichts dagegen tun, sie verlangt Vollzug und Vollendung, das größte Verbrechen gegen das Leben ist es, eine wahre Liebe nicht zu verwirklichen. Dabei gibt es keine Hindernisse und keine Rücksichten. Das wird dann als die Überwindungskraft der Liebe gefeiert, seien es Standes- oder Rassenunterschiede, Lebensstile oder Charakterschwächen. Mit dem endgültigen Kuss oder vor dem Traualtar ist das Glück besiegelt. Was danach folgt, die Ehe, die lebenslange Gemeinschaft, ist nur ein Nachklapp, der keinen interessiert.

Diese Art der Liebe ist ein modernes Märchen.

Warum macht mich das so wütend?

Ich weiß nicht mehr, wie das damals mit Franziska zu Ende ging. Auch das schreit nach Deutungen, nach einer Geschichte: Wir haben uns getrennt, weil wir zu verschieden waren. Wir haben uns scheiden lassen, weil wir uns nichts mehr zu sagen hatten. Wir sind nicht zueinander gekommen, weil sie mich nicht genug geliebt hat. Lauter solche Geschichten, lauter

Alibis, mit denen man sich das Geschehen zurecht legt, damit man weiterleben kann. Das grenzt an Selbstbetrug, an eine Lebenslüge.

Gibt es gnädige Lügen?

Wer kann schon sagen, warum eine Beziehung zwischen Menschen gescheitert ist? Warum das intime Versprechen zwischen zwei Wesen gebrochen wurde, die ihre ganz eigenen Nöte und Verzweiflungen, Hoffnungen und Träume haben, ihre eigenen Möglichkeiten und Unmöglichkeiten. Wie kann das je zusammenpassen?

Es passt nicht zusammen: Es fügt sich allmählich. Es wächst ineinander. Es wird ein Neues daraus.

Das ist mir nach der Sache mit Franziska klargeworden. Das muss in Kiel gewesen sein, jedenfalls bevor ich Anne kennenlernte.

Mit Anne schien das möglich. Sie blieb so sehr eigenständig, dass das Versprechen, das wir uns gaben, nur eine Bereitschaftserklärung für die Zukunft war. Bereit, zusammenzuwachsen. Bereit, den Anderen zu nehmen, wie er ist, und etwas Neues daraus zu gestalten, etwas Zweisinniges.

Die Liebe im Film ist eine Einbahnstraße. Die Gleise münden ineinander, und es geht nur noch nach einem Sinn, in eine Richtung. Ich halte das für falsch.

Die große Liebe gibt es nicht.

Sie besteht aus Hormonen und einer Verklärung der Leidenschaft, eine Vergötterung der Unzurechnungsfähigkeit. Wir sind Menschen, sittliche Menschen, weil wir eben nicht unseren Leidenschaften ausgeliefert sind, sondern sie einem weiter reichenden Willen unterstellen können. Was ist daran vorbildlich, die Vernunft zum Schweigen zu bringen und dem Pathos die Zügel schießen zu lassen? Der Rücksichtslosigkeit? Dem Egoismus? Warum einer sich so sehr nach dem Anderen sehnt, warum er ihn so sehr braucht, warum er ohne den Anderen nicht mehr sein will – das sind Fragen, die in eine Therapie gehören, statt um eines verlogenen Liebeskanons willen unter den Teppich gekehrt zu werden.

Warum macht mich das so wütend?

Sie war einst meine große Liebe.

Ich muss mit Schrödinger reden.

Da liegt der Hund begraben, sagt Schrödinger: In Ihrer Studienzeit. Da ist irgendetwas geschehen.

Der Hund begraben?, frage ich.

Oder wenn Sie so wollen: Da steckt die Katze in der Kiste.

Alter Witzbold! Wovon redet er?

Diesmal mache ich mir einen Ostfriesentee und nehme das Service mit dem Zwiebelmuster. Vier Zigaretten, wobei ich die zweite erst in der zweiten Werbepause anzünde. John-Boy schreibt heute in der Scheune auf dem Heuboden an einer Geschichte über seine Lehrerin, die Mutter bringt ihm ein Sandwich und ein Glas Milch. Auf dem Kirchenpicknick gibt es Sackhüpfen und einen Wettbewerb um das schnellste Nageleinschlagen. Ab und zu kommt die Sonne heraus und malt das Jalousiengitter auf den Bildschirm.

Neben den Comics bin ich jetzt auf Hemingway

gestoßen. Seine Kurzgeschichten, klarer, nüchterner Ton, dazwischen die Abgründe. Oben in Michigan.

Die Angst hat zugenommen. Schon mittags nehme ich wieder eine Tavor. Soll ich nicht, aber das Zittern im ganzen Körper, die Anspannung, die Schreckhaftigkeit halte ich nicht aus. Immer habe ich die Befürchtung, irgendetwas könne in meinen Alltag einbrechen und mich herausreißen, mich stellen, mich mit unlösbaren Problemen konfrontieren. Ich weiß nicht, was das sein könnte. Ein Wasserrohrbruch. Eine Nachricht von der Krankenkasse. Irgendeine Hiobsbotschaft mit der Post, aber Susanne bringt mir nur weiterhin meine Päckchen und Büchersendungen. Ich merke, dass ich ihr gegenüber misstrauisch werde. Vielleicht unterschlägt sie etwas, um mich zu schonen.
Ich drehe noch durch.

Das bloße Hantieren mit den Dingen tut gut. Das Messer. Der Kochtopf. Der Lichtschalter. Das Zurechtrücken eines Stuhls. Die Dinge tun mir gut. Sie kommen mir nahe. Oder besser: Sie werden auf einmal, was sie sind. Sie sind stumm. Wie abgeschaltet. Ein abgeschaltetes Sein, das befreiend wirkt. Sie sind keine Ichs. Nur wenn ich selber vergesse, dass ich ein Ich bin, kann ich mit ihnen kommunizieren. Dann sind wir gleich. Dann bin ich wie abgeschaltet, bloß einer, der tut.

Was soll gewesen sein in meiner Studienzeit? Ich habe studiert, habe mich in Franziska verliebt, es ging zuende und ich nach Kiel. Das ist alles.

Was hat Ihnen Franziska bedeutet?

Eine Menge. Sie war einst meine große Liebe.

Oha, sagt Schrödinger. Und da soll nichts passiert sein?

Es ist nichts passiert. Weder ist sie schwanger geworden und hat eine Abtreibung vorgenommen, noch habe ich einen Nebenbuhler aus Eifersucht erstochen.

Warum ist denn die Beziehung auseinandergegangen?

Das weiß ich nicht. Ich kann mich nicht erinnern, aber selbst wenn, wüsste ich es nicht. Vielleicht haben wir doch nicht zusammengepasst. Das mit der großen Liebe wird ja gemeinhin überschätzt.

So so. Haben Sie noch Kontakt mit ihr?

Wo denken Sie hin! Als ich in Kiel war, war die Sache erledigt. Da habe ich neu angefangen.

Es gibt viel Gutes und viel Neues in Ihrem Leben, sagt Schrödinger da. Aber, um es mit Lessing auszudrücken: Das Gute ist nicht neu und das Neue ist nicht gut.

So ein Arsch!

Gehst du auf den Jahrmarkt von Scarborough, der vierzig Tage währt zur Seeseite Englands? Gaukler und Narren werden kommen, Märchenerzähler und Troubadoure, und die besten Tuchhändler des Nordischen Meers. Petersilie, Salbei, Rosmarin und Thymian: Geh dorthin und bring Grüße von mir, zu einer, die dort noch immer lebt. Sie war einst meine große Liebe. Geh dorthin und mach sie mir wirken ein Gewand aus Seide so fein. Es soll weder Säume noch Zierrat besitzen. Dann wird sie meine große Liebe sein.

Er verlangt lauter unmögliche Sachen von ihr, die unmöglichen Aufgabe der Liebe. Aber wenn sie es nur versuchen will, wenn es nur ihrem Herzen entspringt, dann wird er wissen, dass sie seine große Liebe sein wird.

Ich könnte jetzt behaupten, dass es Franziskas Lieblingslied war und dass der junge Richard Eder ihr dieses Lied sang, um ihr seine Liebe und seine Hoffnung zu gestehen. Aber das ist rührseliger Quatsch! Franziska mochte die Spider Murphy Gang und Grönemeyer, und ich konnte gar nicht singen. Ich hatte damals das Lied von Simon & Garfunkel schon vergessen, weil es mir zu kitschig war.

Wir wollten Spaß, trotz des Studiums. Wir wollten leben, aus der Provinz in die Großstadt gekommen. Wir wollten neue Sachen ausprobieren und es uns gut gehen lassen. Wir wollten die Siebziger auferstehen lassen, in denen wir klein gewesen waren, und den ganzen weltanschaulichen Kram weglassen. Wir wollten keine freie Liebe, aber Abwechslung und grenzenloses Vergnügen. Wir wollten nicht etwas tun, weil es gegen das Establishment war, sondern weil wir Lust dazu hatten. Verstöße waren eine Frage des Geschmacks, nicht der Rebellion.

Ich glaube, mein Campus damals waren die Isarauen, wo ich mit Franziska immer zum Baden hinging.

Wir müssen durchaus behutsam vorgehen, sagt Schrödinger auf einmal. Die Verdrängung hat ihren Sinn. Sie schützt Sie vor etwas. Wir wissen nicht, was passiert, wenn sie aufgehoben wird. Wenn Sie plötzlich mit etwas Altem konfrontiert werden, das in Ihrem neuen Leben keinen Platz hat. Und Sie müssen es wollen. Sonst lassen wir es lieber und warten ab.

Vielen Dank, sage ich sarkastisch, dass ich das auch mal erfahre!

Aber Sie haben schon Recht, sage ich versöhnlich. Es muss sich etwas ändern. Wenn Sie meinen, das hängt mit meiner Studienzeit zusammen, okay. Sie sind der Therapeut. Aber ich will so nicht weitermachen wie die letzten Jahre. Auch wenn ich Ihnen nicht sagen kann, was daran falsch war.

Ich halte es einfach nicht mehr aus.

Den Kurplatz müsste ich noch nennen. Der Kurplatz auf Juist. Diese kleine Grünfläche zwischen den Häusern, zwischen Wilhelmstraße, Bahnhofstraße und Strandstraße. Der Musikpavillon mit den Sitzbänken davor, wo im Sommer das Kurorchester spielt. Der Schiffchenteich, wo tatsächlich Väter mit ihren Söhnen kommen und Modelle schwimmen lassen. Gegenüber das Hotel Atlantik mit seiner neuen Architektur, an der Ecke die *Spelunke*, der Koopmann. Abgestellte Fahrräder, spielende Kinder. Ich weiß noch, wie er zweitausendfünf hergerichtet wurde.

Was genau gefällt Ihnen daran so?, fragt Schrödinger. Wie fühlen Sie sich dort?

Na ja, mir gefällt dieser kleine freie Platz mitten zwischen den Häusern. Und das Grün. Vieles auf Juist ist ja Heide. Und das Dasitzen und die Leute Beobachten. Zeit haben. Nichtstun. So ein bisschen das Gefühl, ein Taugenichts zu sein und nicht dazuzugehören.

Wollen Sie nicht dazugehören?

Doch, schon. Aber manchmal habe ich das Gefühl, es nicht zu tun. Dann werde ich plötzlich ganz lässig, verstehen Sie? So ein Rumpelstilzchengefühl.

Hat das etwas mit den Parallelleben zu tun, die Sie meinen zu haben?

Ja, könnte man sagen. Da riecht es nach Meer und Wind und Freiheit.

Und wo genau wollen Sie nicht dazugehören?

Zu den Anderen.

Was tun die Anderen denn, dass Sie nicht dazugehören wollen?

Sie leben in geregelten Bahnen. Erleben Tag für Tag das Gleiche. Sie sind festgelegt. Irgendwann in ihrem Leben sind Weichen gestellt worden, und nun laufen die Züge seit zwanzig Jahren in denselben Gleisen.

Aha, verstehe.

Schön, dass Sie das verstehen, Herr Schrödinger, sage ich. Ich tue es nämlich nicht.

Ich fühle mich schon ein wenig im Stich gelassen, sage ich zu Anne.

Ich weiß, sagt sie. Aber, ehrlich gesagt, ist mir auch nicht klar, was ich von deiner Krankheit zu halten habe. Einerseits erzählst du mir, was es dich kostet, den Tag zu überstehen, und andererseits bist du die ganze Zeit zuhause und tust nichts. Und was deine Angst, aus dem Haus zu gehen, betrifft: Um Jenny auf Memmert zu besuchen, reicht es ja offensichtlich.

Eben nicht, sage ich. Es hat eben nicht gereicht. Ich bin ja nicht hingegangen.

Weißt du, sagt sie, ich kann mich jetzt nicht um dich und deine Krankheit kümmern.

Ich will ja auch nicht, dass du dich *kümmerst*. Ich will nicht, dass du es nachvollziehst oder dass du mitleidest oder sonstwas. Und mein Therapeut sollst du auch nicht sein, das ist schon Schrödinger. Aber wenigstens das Gefühl, dass du es mitträgst ...

Ich trage es ja mit. Ich halte alles am Laufen. Weißt du, ich bin selber gerade am Schwimmen. In der Arbeit geht alles drunter und drüber, das habe ich dir ja erzählt. Und die Spenden sind rückläufig, und die neuen Projekte stehen plötzlich auf der Kippe. Ich habe selber keinen festen Boden unter den Füßen.

Das hättest du mir doch sagen können.

Wie könnte ich das? Ich kann dich doch nicht auch noch mit meinem Kram belasten.

Du brauchst dich nicht um mich zu kümmern, wiederhole ich.

Ich kann einfach im Moment nicht, sagt sie. Ich kann mich nicht auf dich einlassen, wenn du krank bist. Versteh das doch.

Dass ich es verstehe, ist keine Frage. Aber was soll ich machen? Partnerschaft habe ich mir anders vorgestellt.

Ich habe mich nun doch mit Jenny getroffen. Ich bin tatsächlich zur Westspitze gefahren, habe bei Hochwasser gewartet, sie ist mit dem Kahn gekommen und hat mich übergesetzt. Sie hat mir die Bienenkörbe gezeigt, dann sind wir am Strand auf Lauer gelegen und haben Zugvögel gezählt, die jetzt kommen, Kiebitze und Alpenregenpfeifer, mit dem Zähler in der Hand, dann haben wir tatsächlich Kaffee getrunken in der Küche des Vogelwärterhauses. Aber es war alles ganz anders.

Der Resopaltisch zum Beispiel ist keiner, es ist ein schöner Kiefernholztisch, vielleicht hat sich Jenny den inzwischen neu gekauft.

Von der frischen Luft hat sie gerötete Wangen. Ihre Haare sind dünn, dunkelblond, ihre Lippen rissig, an einer Stelle nagt sie immer.

Sie ist unruhig, steht immer auf, um etwas zu holen, kann kaum ruhig sitzen und zuhören.

Ich erzähle von meiner Krankheit. Sie ist interessiert, leidet mit. Ihre Hände umfassen den Kaffeebecher, keine Chance, sie zu nehmen.

Einmal wird es still, sie schaut mich einen Moment lang an. Als würden wir uns bewusst, dass wir hier allein sind in einem kleinen Haus auf einer abgelegenen Insel, nur die Vögel als Beobachter.

Sie erzählt von ihren Berufsaussichten. Sie will den Job hier machen, solange es geht. Der Vorgänger ist bis zur Pensionierung geblieben.

So ein junges Mädchen wie du, sage ich.

Ich mag die Einsamkeit.

Kann das sein?, frage ich mich. Was ist das wieder für eine Geschichte? Ich habe schon als Kind alleine gespielt, meine Fantasie hat mir gereicht. In der Schule hatte ich keine Freundin, oder eine einzige, aber die hat mich verraten. Im Studium habe ich einen Kommilitonen kennengelernt, aber der hat mich bis in mein Zimmer verfolgt, hat die Grenze nicht akzeptiert. Akzeptierst du die Grenze?

Welche Grenze?

Dann gehen wir noch einmal raus, bevor sie mich mit dem Kahn zurückbringt. Wir haben nicht so viel Zeit, weil bald ablaufendes Wasser ist.

Plötzlich sucht mich ihre Hand. Zuerst auf der Schulter, gedämpft durch meine Jacke. Dann will sie prüfen, ob ich kalte Hände habe.

Es ist noch nicht Frühling, sagt sie und lacht.

Dann lehnt sie einmal ihren Kopf gegen meine Brust, geschwisterlich beim Lachen über einen gemeinsamen Witz.

Sie will Nähe, denke ich. Sie sehnt sich nach Geborgenheit. Sie will eigentlich nicht allein sein. Sie sucht nur jemanden, der sie nicht verrät. Es ist ihr egal, ob er verheiratet ist. Es ist ihr egal, ob sie mit ihm schlafen wird. Es ist egal, was die Leute sagen. Sie will ein eigenes, intimes Geheimnis, einen Schlupfwinkel, an den niemand heranreicht.

Kann man so etwas jemals wissen? Sind das nicht alles Geschichten? Was weiß ich von ihr? Ich müsste wieder ein ganzes Leben kennenlernen, mir wieder Erzählungen anhören, mir fremde Väter und Mütter vorstellen, fremde Freunde, fremde Schauplätze und Umstände, ich müsste ihre eigene Geschichte entdecken und zugleich die im Blick haben, die ich mir von ihr erzähle.

Das will ich nicht mehr. Das habe ich mit Anne hinter mir.

Und mit Franziska. Nur damals war es leichter. Es war ein Spiel. Ohne Verantwortung.

Das wiederholen wir mal, sagt Jenny zum Abschied.

Klar doch.

Ich gehe zu meinem Fahrrad und steige auf, fahre zurück mit dem beklemmenden Gefühl, dass da etwas Widerliches entstanden ist, eine völlig künstliche Heideblüte, ein zartes Gewächs fehl am Platze, eine Vertraulichkeit, die ich eigentlich gar nicht will.

Ich weiß, Richard Eder hätte damit keine Probleme. Aber der wäre ja auch in die Südsee ausgewandert.

Richard sitzt auf der Bettkante und glättet sich die Haare. Jenny greift von hinten nach ihm, er entzieht sich.

War's schön?, fragt er, ohne sich umzublicken.

Ich glaub, ich hab mich verliebt, sagt Jenny an seinem Ohr.

Wir müssen los, sagt er. Die Ebbe setzt bald ein.

Bleib doch einfach hier, sagt sie.

Anne kommt um sieben.

Na und? Kannst du nicht tun, was du willst? Du kannst ihr einfach sagen, dass du spazieren warst.

Ich könnte ihr die Wahrheit erzählen.

Wozu das denn?

Er steht auf, nachdem er seine Unterhose angezogen hat. Er könnte jetzt nicht nackt vor ihr stehen. Wie er seine Kleider aufsammelt und Stück für Stück anzieht, wird das Bett immer peinlicher.

Jenny sollte sich auch anziehen. Oder nein, denkt

er und dreht sich um, sieht sie nackt auf dem Bett liegen.

Die breiten Hüften. Die runden Brüste, im Liegen zur Seite gerutscht. Das Gesicht, sonst Mittelpunkt ihrer gemeinsamen Nähe, nur noch eine ferne Kennung im zerwühlten Lager des Bettes. Jenny ist ein Boot, das er bestiegen hat, ohne Grund. Keine Springflut, kein Sturm. Bei friedlichem Wasser ist er eingestiegen. Und jetzt ist er für immer Fahrgast, lässt sich dutzendmal, hundertmal übersetzen, das Boot legt eine Fährlinie übers Watt, eingezeichnet in die Karte einer Liebesbeziehung, die unaufhaltsam entstehen wird.

Was hast du getan, Richard Eder?

Willst du das eigentlich?

Ist sie deine große Liebe?

Ich weiß nicht, was mich zu Jenny hinzieht. Jetzt, zuhause vor dem Rechner, bleibt trotz aller Fremdheit und Scham eine Freude an ihr, eine Sehnsucht nach ihr. Nicht nach ihrem Lachen oder ihrem Zuhören oder nach ihren Berührungen: eine Sehnsucht nach ihrem Lebendigsein. Nach ihrem Leben, das da anwesend ist. Nach diesem Stück Freude und Leid, das vor meinen Augen aufgeführt wird.

Einfach dass sie da ist.

Er weiß nicht, was es ist.

Er will keine Verantwortung mehr.

Er will einfach leben.

So geht das nicht. Dieser Richard Eder ist so wenig ich, vom Gefühl her, dass ich ihm alles Mögliche andichten kann. Wo bleibt da die Wahrhaftigkeit beim Erzählen? Oder vielleicht ist es gerade das, was Schrödinger meint. Man muss verantwortungsvoll mit den Figuren umgehen, die man da in die Welt setzt.

Verantwortung. Schon wieder dieses Wort.

Dreht sich denn alles um Verantwortung? Bin ich ein verantwortungsbewusster Mensch?

Ja, hätte ich noch bis vor Kurzem geantwortet. Aber jetzt, nach diesen Zeilen hier, bin ich mir da nicht mehr sicher. Richard Eder ist es nicht. Aber ich habe auch keine Kinder, nicht einmal ein Haustier.

Aber natürlich bin ich verantwortungsbewusst! Auch jetzt, da ich krankgeschrieben bin. Warum glaubt mir Anne das nicht? Sie müsste doch wissen, dass ich mir nicht einfach einen faulen Lenz mache, eine Auszeit nehme, wie man heute sagt, ein FPJ, ein Freiwilliges Philosophisches Jahr oder so. Natürlich mache ich mir über die Zukunft Gedanken. Aber ich weiß eben, dass man nur gewisse Dinge und nur für eine gewisse Zeit im Voraus kalkulieren kann. Dass manche Entwicklungen Zeit brauchen. Dass es Lösungen gibt, die die Zeit bringt und die sich nicht vorhersehen lassen.

Verantwortung. Hat mit Antwort zu tun.

Antwort worauf?

Ich war draußen am Billriff, die Sandbank an der Westspitze. Eigentlich darf man da nicht hin, die Freunde vom Nationalparkhaus können echt sauer werden. Von Touristen erwarten sie nicht viel, aber ein Einheimischer sollte soviel Verantwortungsgefühl haben.

Verantwortung. Schon wieder.

Das ist mir sowas von egal.

Am Strand fand ich eine leere Flasche. Lag über der Hochwassergrenze, dort, wo der Tang angeschwemmt wird. Zuerst war sie nur Teil der Landschaft. Kulisse. Theaterrequisit, als hätte sie einer da hingelegt, damit ich sagen kann: Strand bei Südwestwetter, und ich die Szene vorfinde.

Sie war halb mit Wasser gefüllt, Sand hatte sich darin abgelagert. Das Etikett ausgebleicht und verwaschen, es reizte mich, es zu lesen, aber ich widerstand.

Dann wurde ihr Daliegen aufdringlich. Eine Anwesenheit, die ich nicht mehr ignorieren konnte. Konnte nicht wegschauen, ohne dass sie noch da war. Gibt es das überhaupt: Dass etwas einfach da ist?

Sie lag da, wollte nichts von mir. Sie wollte nicht aufgesammelt werden. Sie wollte nichts bedeuten. Sie wollte überhaupt nicht. Sie *war* einfach. Das tat mir so gut, dass ich den Himmel plötzlich wie ein weites, neues Land sah, das sich vor mir ausbreitete. Als hätte sich ein Vorhang gehoben, horizontweit. Ich lebe ja, dachte ich …

Ich könnte ins Tierheim nach Norddeich, wenn es da eines gibt. Aber auf der Insel gibt es genügend Katzen. Ich werde herumfragen, ob vielleicht irgendwo gerade ein Wurf erwartet wird.

Anne sagt, wegen ihr würden Katzen gehen. Hunde gingen nicht und Pferde, und Vögel natürlich. Aber Katzen würden gehen. Ich müsste mich natürlich selbst darum kümmern, sagt sie. Sie könne sich das nicht auch noch auflasten.

Da gibt es nicht viel aufzulasten, sage ich. Sobald sie soweit ist, machen wir die Terrassentür auf, und sie kann kommen und gehen, wann sie will. Und das Kistchen werde ich reinigen, klar.

Und die Impfungen? Tierarzt? Sterilisation?

Da ist noch Zeit, sage ich.

Ich freue mich drauf.

Jetzt schaue ich Schrödingers Fingern, wie sie das Flaumfell seines Kätzchens zerwühlen, freudiger zu.

Nebenan, im *Fähringerhof*, haben sie auch eine Katze. Ich sehe sie immer durch die Gärten streifen. Ich werde die Ahrends mal fragen, ob Nachwuchs zu erwarten ist oder ob sie jemanden auf der Insel kennen.

Nachmittagstee. Ein roter Ceylon mit Zitronensaft. Der einzige Tee, zu dem das passt, finde ich. Dazu habe ich mir einmal Gurkensandwiches gemacht, *very British*, fehlte bloß noch altes Teakholz und ein Ventilator an der Decke, dann hätte ich mein Kolonialhotel.

Butter mit Petersilie vermengen, von den Weißbrotscheiben die Kanten abschneiden, die Gurken hobeln und einsalzen. Nebenher recherchiert über das Leben an amerikanischen Universitäten. Jaja, ich und meine Geschichten ...

Manchmal sitze ich wie gelähmt unten auf dem Wohnzimmersofa. Alles steht still. Alles ekelt mich an mit seiner stumpfen Gleichgültigkeit. Eine der ersten Fliegen nach dem Winter surrt im Raum. Setzt sich auf die Lampe, den Couchtisch, die Sessellehne. Surrt gegen die Scheibe, verharrt, beginnt eine Diagonale zu krabbeln. Einmal sehe ich, wie sie die Hinterbeine hebt und ihre Flügel putzt.

Wenn ich so drauf bin, ist sogar diese Fliege ein liebes Haustier.

Frau Ahrends hat mich gefragt, warum ich jetzt so viel zuhause sei. Ich bin krankgeschrieben, sage ich.

Was fehlt Ihnen denn?

Ach, sage ich, es ist mehr psychisch. So eine Art Erschöpfung ...

Sie meinen Burnout?, sagt sie. Ja ja, das hört man jetzt öfter. Das kann jeden treffen, sagt sie altklug.

Wenn sie etwas von jungen Kätzchen erfahre, werde sie sich bei mir melden. Und gute Besserung noch, sagt sie. Kurieren Sie sich in Ruhe aus!

Von den Isarauen muss ich wohl auch mal erzählen. Wir fuhren von der Uni aus hin, meist holte ich Franziska ab. Im Sommer war das herrlich, aber auch im Herbst und im Frühling konnte man am Ufer längs schöne Spaziergänge machen im Wald.

Wir hatten immer einen Badeplatz so weit wie möglich von der Brudermühlbrücke weg und so, dass wir die Schornsteine des Heizkraftwerks im Rücken hatten. Schotter- und Kiesstrand, Felsblöcke dazwischen, die Isar seicht und himmelblau, und überall lagen die Leute und sonnten sich, im Strom spielten Kinder, schwimmen konnte man ja nur an wenigen Stellen, manche grillten, der Rauch zog appetitlich durch die Auen.

Sommermittage mit Handtuch und Sonnenmilch. Wir kamen uns vor wie Teenager, Franziska und ich. Wenn es zu heiß wurde, stiegen wir in den Fluss und kühlten uns ab. Wir hörten Musik über ihren damals nagelneuen Walkman, die Beach Boys, wenn ich mich richtig erinnere.

Manchmal hatte ich ein Lehrbuch dabei und Franziska las Bücher für irgendein Geschichtsseminar. Ich salbte ihr den Rücken ein, sie duftete, ich zog die Schleife an ihrem Bikini auf und drehte sie herum, und ihre weißen Brüste lagen flach auf dem braungebrannten Oberkörper. Wenn ich sie küsste, schmeckte sie nach Sonne und Erdbeeren.

Hatten wir die nicht oft dabei? Eine Schale am Straßenstrand gekauft? Oder in einer Plastikdose mit Milch und Zucker? Wenn es nach mir gegangen wäre, hätte ich ihr drüben im Farnwald der Auen von den Wegrändern die kleinen Knackelbeeren gepflückt, die ich von Pullings Wäldern her kannte und die es hier gar nicht gab.

An diesen Nachmittagen waren wir uns über alles einig. Wir wollten drei Kinder, früh heiraten, würden abwechselnd die Erziehung übernehmen, bis dahin würden wir noch einmal Vollgas geben. Nachts in den Bars die Cocktails durchprobieren, Steaks grillen auf dem Balkon ihrer WG, tanzen gehen in der Stahlfabrik, nach Mitternacht mit dem Taxi durch München fahren und Nachtschwärmer aufgabeln, zusammengekuschelt im Bett liegen und draußen die schweigenden Lichter betrachten. Großstadtleben. Eigentlich hatte Franziskas Uni doch einen Campus, mit dem Englischen Garten nebendran.

Wenn ich an die Zeit mit Franziska zurückdenke, sehe ich eigentlich die Isarauen vor mir. Da war zwischen uns immer alles in Ordnung. Das hatte Zukunft und Perspektive, wenn sie auch nicht weiter reichte als bis zum Studienabschluss. Da hatte ich das Gefühl, dass mein Leben nach Mutters Tod und dem Umzug nach Freising in eine neue Spur einmündete.

An den Isarauen gab es oft Föhnwolken, das Blau des Himmels machte Kopfweh, eine süße und zittrige Hitze lag in der Luft. Ich war am Leben. Ich genoss es. Wenn ich in den Semesterferien ein Praktikum machen musste und in München keinen Platz gefunden hatte, sehnte ich mich sehr danach, wieder zurückzukehren in meine Stadt. In unsere Stadt.

Es gab eigentlich nichts, was uns hätte auseinanderbringen können. Ja, sie war tatsächlich meine große Liebe.

Richard Eder lehrt an der UCLA Deutsch. In Jeans und einem Cordsamtsakko sitzt er in seinen Seminaren, geht vor der altmodischen Tafel auf und ab, hat ein kleines Büro auf der Nordseite, wo sich die Bücher in den Regalen reihen. Alte Bücher, zerlesene Taschenbücher, Folianten und moderne Kollegbände.

Er gibt Sprachkurse, hält Vorlesungen zur deutschsprachigen Literatur, veranstaltet auch *Creati-*

ve Writing-Seminare, in denen es um das Erzählen der eigenen Lebensgeschichte geht.

Manchmal sitzt einer seiner Studenten in seinem Zimmer und bespricht mit ihm das Hausarbeitsthema. Er lernt junge Mädchen kennen, die frisch vom College kommen, und die Mutter hat deutsche Vorfahren und will das Familienerbe hochhalten. Deswegen müht sich Clarisse oder Marilyn oder Summer mit Goethe und Schiller ab, lernt die harten Konsonanten, den Knacklaut, studiert verständnislos das Gemüt der Dichter und Denker dieses kleinen Landes in Mitteleuropa und schaut Richard manchmal hilflos aus verängstigten Augen an, weil ihr jugendliches Selbstvertrauen mit solchen Prüfungen nicht gerechnet hat.

Die Studenten gehen über den Campus und treffen sich zum Sport oder im Kino, Richard informiert sich über das *Greek life* und weiß nicht, was er von diesen althumanistischen Verbindungen halten soll, von diesen Phi Chis und Kappa Alphas, in denen nicht um die Wette getrunken oder mit dem Säbel gefochten, sondern Gemeinschaft nach den philosophischen Richtlinien der Antike gepflegt wird.

Richard fühlt sich wohl. Er ist froh, nach dem Studium ausgewandert zu sein, die alte Heimat hinter sich gelassen zu haben. Er ist im Grunde froh, dass das mit Franziska nichts geworden ist; sie wäre nicht mitgekommen, wollte in München bleiben, und drei Kinder hätten da auch nur gestört.

Hier in Los Angeles hat er einige Frauen kennengelernt, aber sie kommen ihm oberflächlich und allzu extrovertiert vor. Er mag ihre Unbekümmertheit und Spontaneität, aber oft ist das bloß Harmoniebedürfnis und die Inszenierung von guter Laune. Manchmal fehlt ihm die zurückhaltende Art der Deutschen, das Grüblerische, Tiefsinnige oder das Grob-Unverblümte der Bayern, hier ist alles immer *fine, fine*, aber dann fragt er sich, ob das nicht alles bloß Klischee ist, ob er ein klischeehaftes Leben lebt, ob er nicht selber bloß das Abziehbild einer echten Existenz ist, ob solches Erzählen ins Blaue hinein einen Sinn ergibt ...

Ich habe Schrödinger gesagt, dass ich darüber nachdenke, die Therapie zu beenden. Auf keinen Fall, sagt er. Aber vielleicht ist jetzt die Zeit reif für Ihre Hausaufgabe.

Also gut. Ich soll mir eine Geschichte ausdenken und aufschreiben, in der fünf bestimmte Wörter vorkommen: Stern, rutschen, nachts, warm und Katze.

Katze – war ja klar! Aber damit kann ich nichts anfangen. Ich kann mir nicht einfach Geschichten ausdenken, so mit Anfang und Schluss und Botschaft. Das müsse auch nicht sein, sagt Schrödinger, ich solle einfach mal draufloserfinden. Nur die fünf Wörter sollen darin vorkommen.

Das mit der Katze finde ich doof. Schrödinger weiß genau, dass mir dazu nichts anderes einfällt als Schrödingers Katze, sowohl die in der Kiste als auch die auf seinem Schoß. Wie soll ich das in eine Geschichte einbauen?

Höchstens fällt mir noch ein, dass damals an der TU ein Typ war, der einen Button trug mit der Aufschrift: *Schluss mit den Tierversuchen! – Rettet Schrödingers*

Katze! Das hatte ich damals nicht verstanden, weil ich mich noch nicht bis zu Schrödinger vorgearbeitet hatte, und ich fragte den Typen, einen Physikstudenten, was damit gemeint war.

Obwohl ich den Button heute ganz witzig finde, hielt ich ihn damals für arrogant und zynisch. Aber vielleicht lag das auch nur daran, dass ich den Typen, Bernd hieß er oder Bernhard, für arrogant und zynisch hielt.

Eigentlich war er ein richtiger Kotzbrocken. Ließ einen eiskalt ins Messer laufen, machte Witze auf Kosten anderer, hatte bloß seinen Vorteil im Kopf und dass er seinen Spaß fand.

Er freundete sich zu allem Überfluss mit Franziska an, als ich sie einmal mit ihm im Schlepptau traf, und dann wurden wir ihn nicht mehr los.

Franziska fand ihn, glaube ich, ganz nett. Seine zynische Art gefiel ihr irgendwie, obwohl das gar nicht zu ihr passte, und er quasselte ihr die Ohren voll mit Plänen und Unternehmungen, prahlte mit seinen Beziehungen, die er hätte, um in die Nobeldiskotheken hineinzukommen, und verdarb mir etliche Male das Zusammensein mit Franziska.

Wir unternahmen auf ihren Wunsch einige Dinge gemeinsam. Er war auch in den Isarauen dabei, zumindest einmal. Komisch, dass mir das nicht früher eingefallen ist. Ja, da war er dabei. Das habe ich wohl verdrängt. Herr Schrödinger, Sie hatten Recht: Ich habe den Bernhard verdrängt, oder Bernd oder wie er nun hieß.

Ich hatte ihn damals in Verdacht, dass er sich an Franziska heranmachen wollte, und das, obwohl er wusste, dass ich mit ihr zusammenwar. Ich redete mit ihr darüber, aber sie fand das ganz witzig. Sie wollte nichts von ihm, das versicherte sie mir, aber der Kerl hatte zündende Ideen und brachte frischen Wind in den Studentenalltag, wie sie das nannte, und deswegen sollte ich mich nicht so haben. Es war ja keine Gefahr dabei.

Ich weiß jetzt nicht mehr, ob das stimmte. Damals, glaube ich mich zu erinnern, vertraute ich ihr. Diesem Bernhard traute ich natürlich nicht, aber wenn Franziska nichts von ihm wollte und er sich nicht allein mit ihr traf, war ja soweit alles in Ordnung.

Doch wenn ich jetzt daran zurückdenke, jetzt, da mir dieser Störenfried wieder eingefallen ist, bekommt die idyllische Erinnerung einen Stich ins Zweideutige. Damals hat mich doch wohl mehr daran gestört, als ich in Erinnerung behalten habe. So unbeschwert war das Ganze nicht, und die Tage in den Isarauen waren nicht so ungestört, wie ich mir das heute einreden will.

Ich weiß auch gar nicht, wann wir den kennenlernten. Ich sehe ihn bloß manchmal mit uns an der Bar im Studentenwohnheim stehen oder hinten auf dem Rücksitz in Franziskas Kadett, aber sonst habe ich bloß das Gefühl des Angewidertseins von einem Störenfried, der uns die Idylle verdorben hat.

Merkwürdig. Aber irgendwann muss das Zerwürfnis zwischen mir und Franziska ja angefangen haben. Vielleicht hatte der was damit zu tun. Ich kann mich bloß nicht erinnern.

Soso, sagt Schrödinger. Eine *ménage à trois* in München. Da war was, glauben Sie mir, Herr Eder!

Ich zucke die Schultern. Ich kann mich an nichts erinnern, sage ich.

In diesem Fall ist das ein gutes Zeichen.

Ich muss lachen. Das alte Schlitzohr!

Mir fällt nichts ein. Jetzt, wo ich auf Kommando eine Geschichte erfinden soll, ist es im Hirn wüst und leer. Stern, rutschen, nachts, warm und Katze – was soll das sein? Eine Katze heult nachts die Sterne an, rutscht aus und fällt in eine Grube voll Jauche, die noch warm ist. So was fällt mir ein.

Irgendwie ergeben die Wörter ja etwas Schlüpfriges. Nachts, warm und rutschen, da muss man ja an das Eine denken. Mit einer Katze? *Die Sodomie ist eine Hatz, treib ich's doch glatt mit meiner Katz!*

Ich weiß auch nicht, was er sich dabei gedacht hat. Ein bisschen neutralere Wörter wären mir lieber gewesen. Sowas wie Büro, Wolke oder Hemd.

Bei Katze muss ich jetzt dauernd an das kleine Kätzchen denken, das ich vielleicht kriege. Dann gibt es schon drei Katzen in meinem Leben: Schrödingers Katze in der Kiste, Schrödingers Katze auf seinem Schoß, und meine, die in meinem Haus wohnt und mit mir die Treppenstufen herunterrutscht. Aber dafür bin ich zu alt.

Plötzlich kommen mir die Tränen. Ich weiß nicht warum. Ich will mich im Bett verkriechen. Eine Traurigkeit, die wehtut. Unheilbar. An irgendetwas habe ich mich erinnert, irgendeinen Verlust, irgendeinen Schmerz, ich kann das gar nicht fassen. Aber es reicht tief hinunter in einen Abgrund. Woher kommt das? Wie lang ist das her?

Und dann ist sie da, die Geschichte. Ganz von selbst. Und mit Tränen in den Augen habe ich mich an den Rechner gesetzt und sie geschrieben. Sie floss mir aus den Fingern. Ich habe Rotz und Wasser nebenher geheult. Ist es das, was Schrödinger gesucht hat?

Ich nenne die Geschichte „Das Kätzchen".

Ich habe sie als eigene Datei abgespeichert. Ich füge sie hier ein und drucke sie aus, damit ich sie Schrödinger mitbringen kann.

Das Kätzchen

Käme ich einmal zur Ruhe und wäre imstande darüber nachzudenken, wer ich bin, könnte ich dann sagen, ich sei der, der ständig auf der Flucht sei?

Ich erinnere mich an einen Apriltag vor langer Zeit. Zwischen Frühlingsbergen stand grell die Sonne, und in ihrem weißen Licht erschienen die Tagundnachtveilchen, die sie mir zum Geburtstag geschenkt hatte, fast schwarz, wie Blütenblätter aus schwarzem Samt, auf denen sich perlig der Tau sammelte. Ein Tau wie Tränen. Vielleicht erinnerte mich dieses dunkle Violett auch an die Wärme unseres gemeinsamen Schlafes, ich weiß es nicht mehr.

Ich weiß nur, dass wir nachts zusammen im Bett gelegen hatten, aneinandergeschmiegt, wach, und unser Gespräch wie ein Strom war, der uns mitnahm nirgendwohin. Von den Sternen hatte ich erzählt, vom Ursprung und vom Kosmos gesprochen. Dann erzählte sie mir, als ich sie vorsichtig küsste, wie sie so dalag mit geschlossenen Augen und dabei wie ein Kind oder wie ein Vogel aussah, von ihrem Kätzchen.

Es war ein Tigerchen, erzählte sie. Noch klein und tapsig. Nach dem Fressen habe sie sich immer hinter dem alten Ölofen verkrochen und habe, wenn es ihr zu warm geworden sei und sie habe hervorkommen wollen, immer zuerst fragend den Kopf herausgestreckt, als wolle sie um Erlaubnis bitten. Sich lang und dünn machend sei sie dann aus dem Spalt hervorgekrochen, habe sich auf dem Dielenboden ausgestreckt und behaglich ihr Schwanzende hin und her tupfen lassen. Doch auf den Teppich sei sie nie gekommen.

Sie erzählte, wie sie mit ihrem Kätzchen immer die Stufen der Wendeltreppe im Flur hinabgerutscht sei, sie auf dem Po, das Kätzchen auf dem Bauch, und wie sie draußen im Garten im Gras gelegen und sich in der Frühlingssonne gewärmt hätten. Die Kirschblüten und die Apfelblüten hätten geduftet, und hinterm Haus habe es sogar einen Fliederbaum gegeben. Das war der Garten ihrer Kindheit, in der Straße, wo sie früher gewohnt hatte. Sie hatte von ihrem Garten schon öfter erzählt. Immer sah ich sie in jenen glücklichen Tagen lachen und umherspringen, als wäre sie eine Andere, und erscheint sie mir beinahe fremd und unheimlich in diesem fernen Glück eines Kindes. Es war für mich immer ein Garten hoch droben in den Wolken gewesen. Wie eine Insel.

Und dann erzählte sie von jenem Tag, an dem sie zum letzten Mal geweint hatte. Seit sechzehn Jahren. Das stimmt, sagte ich leise, ich habe dich nie weinen sehen. Von jenem Tag, an dem sie ihr Kätzchen halten musste, als es eingeschläfert wurde.

Zufrieden und behaglich habe sie geschnurrt, als das Gift in ihre Adern gedrungen sei. Von den vertrauten Händen gehalten, habe sie wohl geglaubt, ihr könne nichts geschehen, in der kleinen Sonnenscheinwelt, in der sie immer zusammen gespielt hatten. Sie habe wohl gedacht, was für eine angenehme Schläfrigkeit da über sie komme, und so habe sie bis zum Schluss voller Zutraulichkeit geschnurrt. Vielleicht sei als Letztes, kurz vor dem Erlöschen, noch plötzlich die Angst gekommen, wo ihre Spielkameradin, wo die streichelnden Hände geblieben waren, wo alles hinging und auf einmal so dunkel wurde ...

Es war nicht in meinem Leben, es ruht nicht in meiner Erinnerung. Es ist *ihre* Trauer, *ihr* Verlust, und doch, in der Ausweglosigkeit des Zimmers, der Möbel und der späten Nacht, war es eine Heraufkunft aus Tiefen, die wir teilten, die uns vereinten. Fassungslos stand sie vor der Welt, die sich ihr da offenbarte. Sie war aus dem Garten ihrer Kindheit vertrieben worden, ebenso wie ich. Wir mussten den Rückweg finden.

Könnte ich sagen, dass sie damals unverlierbar in mein Herz gebrochen sei, dann wäre dies die Erklärung dafür, weshalb ich sie heute nicht mehr vergessen kann.

Denn heute sehe ich aus dem Dunkel heraus die Sterne versinken. Wenn ich leise flüsterte, ob sie mich höre, so könnte ich ebensogut wie aus einem Grab herauf laut brüllen – es machte keinen Unterschied mehr. Schon sähe ich den letzten Stern versinken, und schon läge alles unbegreifbar hinter mir, käme ich einmal zur Ruhe und wäre imstande, darüber nachzudenken, wer ich bin.

Einen Becher Tee und zwei Marmeladenbrötchen dazu. Drei Zigaretten. Bin heute schon um vier aufgewacht und konnte nicht mehr einschlafen. Halte mich wach bis zu den Waltons. Schreibe wenig.

Die Geschichte steht noch da von gestern. Ein Menetekel. Ein geschliffenes Juwel. Eine Maya-Hieroglyphe. Ein bisschen pathetisch, aber es gibt auch das Pathos der Wahrheit. Ich bin froh, wenn ich sie Schrödinger zeigen kann.

John-Boy schenkt seiner Schwester gelbe Rosen für fünfzehn Cents, weil sie Liebeskummer hat; später bekommt er den Geräteschuppen wieder als Arbeitszimmer. Das Erwachsenwerden, das Altwerden. Großmutter braucht nun doch kein Hörrohr.

Eine bemerkenswerte Geschichte, sagt Schrödinger. Da hat Ihr Unbewusstes gesprochen, denke ich.

Pause. Er schaut mich an.

Ich frage Sie jetzt nicht, fährt er fort, weil ich schweige, wieso gerade Tagundnachtveilchen und ob Sie nicht im November Geburtstag haben. Ich frage

Sie auch nicht, ob diese Geschichte so passiert ist. Ich frage Sie vielmehr: Was hat die Geschichte Ihrer Meinung nach zu bedeuten?

Sie bedeutet, dass irgendetwas gestorben ist, sage ich. Damals. In der Zeit mit Franziska.

Er nickt.

Ist es das schon, wonach wir gesucht haben?, frage ich. Jetzt sage ich auch schon „wir".

Das können wir noch nicht wissen. Vermutlich ist es nur die Spitze des Eisbergs. Da sind eine Menge Trauer und Verlust, aber auch Resignation. Ein totes Leben wie in einem Grab. Ich denke, da steckt noch mehr dahinter.

Als ich die Geschichte vorlas, konnte ich kaum reden. Die Worte sperrten sich. Was auf dem Papier so stimmig ausgesehen hatte, bekam beim Lautlesen einen völlig falschen Klang. Fast war sie mir zu pathetisch, zu sentimental. Da stirbt einer Freundin ein Kätzchen, und schon sieht der Held die Sterne versinken und fragt sich, wer er ist!

Die Geschichte hat mich erschüttert, macht mich auch wütend, lässt mich aber ratlos zurück. Was soll ich jetzt machen? Irgendwie hatte ich mir vom Schreiben mehr erhofft. Es hat sich nichts verändert.

Lassen Sie Ihre Entdeckung wirken!, sagt Schrödinger. Wir haben Zeit.

Die Geschichte geht mir nach. Jedesmal, wenn ich die Stelle lese, an der das Kätzchen stirbt, kommen mir die Tränen. Da geht es nicht nur um ein Kätzchen. Da tut sich ein Abgrund auf, eine Hoffnungslosigkeit, ein Schmerz, der mein ganzes Leben in

Frage stellt.

Aber so ist es doch nicht! Das war sicher ein Augenblick mit Franziska, ja, ich erinnere mich, so gut ich mich erinnern kann. Der hat doch nicht mein ganzes Leben geprägt! Ich bin doch nicht auf der Flucht, oder?

Sind Sie auf der Flucht?, fragt Schrödinger mich.

Nicht dass ich wüsste.

Und Ihre Flucht aus der Heimat? Aus München? Aus Bayern? Weg von allem, was Ihre Kindheit und Jugend und Adoleszenz ausgemacht hat? Sie haben viel Distanz zwischen sich und Franziska gelegt.

Wieder diese Vorstellung, dass sich mein Leben aufgespalten hat. Eine Weichenstellung. Als führte ich hier im Norden ein Phantomdasein, ein Gespensterleben als bloße Möglichkeit dessen, was auch hätte sein können.

Wie haben Sie und Franziska sich denn getrennt?, fragt er unverdrossen.

Ich weiß es nicht mehr. Ich weiß nur noch, dass ein Zerwürfnis zwischen uns entstand. Eine Entfremdung. Ich kann mich auch nicht erinnern, was ich in dieser Zeit konkret getan habe. Ich weiß, wann ich mich für den Studienplatztausch bewarb, und als ich meine Bude räumte im Studentenwohnheim, kann ich mich sehr gut an das Gefühl erinnern. Überhaupt erinnere ich mich mehr an Gefühle aus dieser Zeit als an Vorgänge.

Und was war Ihr Gefühl?

Dass ich Franziska verloren hatte. Irgendwie durch eigene Schuld, aber auch durch Schicksal. So legte ich mir das damals zurecht: Es war halt alles so gekommen. Da war plötzlich eine ungeheure Distanz zwischen mir und ihr, ich konnte das auch nicht erklären. Ich kann mich auch nicht erinnern, dass es eine Aussprache oder eine Zurückweisung ihrerseits gegeben hätte. Ich weiß nur noch, dass ich plötzlich allein dastand, mutterseelenallein, verlassen. Dass Franziska Vergangenheit sein musste, dass ich weg musste aus München.

Das ist doch seltsam, dass ich mich an nichts Konkretes erinnern kann, oder?

Nicht unbedingt. Sie haben eben nur gespeichert, was die Trennung emotional bedeutet hat. Einzelne Umstände sind für die Seele zweitrangig.

Die Seele, sage ich und lache spöttisch. Sie sagen das, als wäre sie etwas Losgelöstes von mir. Mein Arm oder mein Bauch. Aber das bin doch ich, oder nicht? Ich kann mich doch nicht aufspalten! Das Ich wäre dann nicht mehr Herr im eigenen Hause.

Aber gerade das erleben wir in der Psychotherapie, sagt Schrödinger behutsam. Ich merke ihm seine Behutsamkeit an und werte sie als Alarmsignal. Gerade das geschieht bei einer Verdrängung. Das Ich wird umgangen. Es ist, wie Sie sagen, nicht Herr im eigenen Hause.

Das ist gespenstisch, sage ich.

Da haben Sie recht, sagt er.

Richard Eder wähnte sich in Sicherheit auf seiner Insel, mit Ehefrau und Eigenheim. Er sollte nicht ahnen, dass die Schatten der Vergangenheit gewachsen waren und schon nach ihm griffen.

Er sollte nicht ahnen. Die Allmacht des Erzählers. Oder wehrt sich meine Ich-Figur? Behauptet Richard Eder seine Selbstständigkeit? Wie soll er das machen, da er von mir erzählt wird? Hat er mich infiltriert? Ein Eigenleben entfaltet, über das ich keine Kontrolle mehr habe?

Und wer erzählt *mich*? Gegen wen muss ich meine Selbständigkeit verteidigen? Was sollte *ich* nicht ahnen?

Wird etwas Schreckliches geschehen? Wird die Vergangenheit, egal, was da nun passiert ist, mich einholen? Mich einholen hier auf der Insel, tausend Kilometer entfernt von damals, zwanzig Jahre weit weg? Einholen aus der Tiefe meines eigenen Ichs herauf?

Vielleicht sollte ich besser wirklich nicht ahnen. Vielleicht ist das gut so. Vielleicht lasse ich mich einfach erzählt werden und vertraue auf die Allmacht des Erzählers. Er kennt den Plot. Er hat das Ende der Geschichte schon fertig.

Aber das ist mir nicht geheuer. Was ist das für eine Lebensanschauung? Was ist mit der Willensfreiheit? Wo ist da unsere Verantwortung? Das hat mir zuviel Fatalismus. Zuviel Gleichgültigkeit. Andererseits ist diese Art von Gleichgültigkeit genau das, was mein Leben seit zwanzig Jahren ausmacht und was ich nicht mehr ertrage.

Wenn ich noch am Anfang dieser Zeilen stünde, würde ich, glaube ich, das Schreiben aufgeben. Zu verwirrend. Aber da steht nun diese Geschichte. Ein erstes Ergebnis. Eine erste Offenbarung. Ein Produkt dieser Fantasie, die da in meinem Innern vor sich hin fantasiert und mir kaum Einblick gewährt.

Nein, jetzt muss ich weitermachen. Auch mit der Therapie, das sehe ich jetzt. Da steckt mehr dahinter, und ich will es herausfinden. Und sei es nur, um wieder Herr im eigenen Hause zu sein.

Käme ich einmal zur Ruhe. Bin ich nicht zur Ruhe gekommen? Führe ich nicht ein geordnetes, geruhsames Leben? Ich reise ja nicht als Globetrotter durch die Welt, und in die Südsee ausgewandert bin ich auch nicht.

Eigentlich denke ich, dass Anne und ich hier auf Juist zur Ruhe gekommen sind. Sicherer Job, gutes Einkommen, wir haben uns eingelebt, gehören mittlerweile zur Inselgemeinschaft – es fehlt nichts.

Dachte ich.

Aber es muss ja irgendetwas schiefgegangen sein, wenn ich plötzlich Schlafstörungen kriege und Depressionen und Angstzustände und ich nicht mehr arbeiten kann. Nur noch zuhause sitzen und Tee trinken und schreiben kann. Wenn ich jetzt erst die Ruhe spüre, die mir fehlt, eine Nachbarschaft der Stille und Kontemplation, der inneren Einkehr, die mich manchmal einfängt.

Ich verbringe die Tage in der Anwesenheit einer großen Stille, ja. Ich spüre sie in mir, eine Möglichkeit, eine Macht, eine Verheißung. Ich brauche bloß hinüberzugehen und mich in sie einzulassen.

Was passiert dann?

Sinke ich dann endgültig ins Grab?

Die Stille hat etwas Bedrohliches. Sie führt auf einen tiefsten, innersten Ort zu, an den ich nicht geraten will. Ein Schweigen herrscht da, das ich hören kann durch die hundert verschachtelten Gänge hindurch. Ein Labyrinth mit dem Sagenmonster in der Mitte. Minotaurus. Ariadnefaden. Die alten Griechen kannten sich aus.

Aber die Stille ist auch ein Tor in die Freiheit. In die Einfachheit des Lebens, eines Lebens, das ich immer gesucht habe. Seit München. Seit ich meinen Berufsweg plante. Seit ich mich in Kiel wiederfand und nicht wusste, wie es weitergehen sollte.

Das Leben ist für mich normalerweise nicht einfach, merke ich. Es ist nicht einsinnig und simpel, naiv, unschuldig. Es ist eine ständige Überlegung, eine ständige Rückversicherung.

Ich habe das Gefühl, als würde ich mein Leben ständig selbst *machen*. Es nimmt nicht einfach seinen Gang. Es kommt nicht und es geht nicht. Ich muss es *holen*, zurückholen und wiederholen aus der unentwegten Bedrohung stehenzubleiben. Wie eine Uhr, die man dauernd aufziehen muss.

Ist es das, wovor ich solche Angst habe? Stillstand? Dass meine Flucht zum Stehen kommt und ich mich etwa noch umdrehen muss, um zurückzublicken?

Es gibt so vieles, was ich von mir nicht weiß.

Ahrends haben eine Familie gefunden, die junge Katzen hat. Weiße Angoras, ein paar Wochen alt. Übermorgen fahre ich hin und schaue sie mir an. Sie wollen gewährleisten, dass die Katzen in gute Hände kommen, das heißt ein bisschen Kaffeetafelgeschwätz und Konversation. Habe ich gute Hände? Warum sollte ich sie nicht haben?

Wieder ein Besuch bei Jenny auf ihrer Insel. Nur kurz, habe ihr ein bisschen geholfen. Sie hat mir Memmert gezeigt, wie ich es noch nie gesehen habe: als Naturschutzgebiet. Unglaublich, wie sie sich mit Vögeln auskennt, wie sie noch die unscheinbarsten Spuren deuten kann, wie aufmerksam ihr Blick ist für Schützenswertes. Das ist mir anvertraut, sagt sie. Eine Hüterin ist sie, fällt mir auf.

Diesmal kein Kaffeetrinken in ihrem Haus am Küchentisch. Aber wieder die wie zufälligen Berührungen. Ich mag ihr Lächeln. Das kommt so unverhofft und heimlich aus den Winkeln herausgekrochen, die Lippen kräuseln sich, als wüsste sie längst über alles Bescheid, ich fühle mich ertappt und eingeschätzt, dieses Lächeln schafft eine Mitwisserschaft, eine Vertraulichkeit, wie sie kein Händchenhalten schaffen kann.

Anne wird nicht misstrauisch. Ich sage ihr ja jedesmal Bescheid. Was sie sich denkt, weiß ich nicht. Vielleicht sollte ich sie fragen, bevor es sich ansammelt und dann irgendwann aus ihr herausbricht. Aber es ist so: Jenny tut mir gut. Ich schaue dem Ganzen zu, als gingen mich Gefühle nichts an. Als hätte ich keine oder hätte sie unter Kontrolle. Das kann schiefgehen, ich weiß.

Ruckzuck ist man in etwas verstrickt, einer Zuneigung, einer Ausschließlichkeit, einer Verbindlichkeit. Aber du hast doch ... ich dachte, du wolltest ... lauter solche Sachen.

Ich suche keine Verbindlichkeit, keine Intimität mit Jenny. Ich gebe einfach der Nähe nach, die sie ausstrahlt, ihrem Bedürfnis nach Nähe, das ich spüre wie einen Magnetismus. Ja, da ist eine Anziehungskraft zwischen uns.

Jenny ist ganz anders als Anne. Sie ist verschmust, sie ist *körperlich*. Ihr Körper strahlt etwas aus, einen Lockstoff, eine Kraft. Ja, wenn sich unsere Gesichter nahekommen, spüre ich richtiggehend diese Anziehung. Das ist keine Metapher. Das ist fast physikalisch messbar. Wenn wir nichts tun dagegen, dann zieht uns die Nähe, die Wärme des Anderen zueinander. Hinein in ein Zusammensein, das alle anderen ausschließt.

Jenny ist auch so ein Kätzchen, denke ich. Sie will Zuneigung. Sie will, dass ich mich ihr zuwende. Sie sucht Zuwendung und Nähe.

Auch ein Kätzchen? Wie wer?

Wie Schrödingers Kätzchen. Wie die Kätzchen der Ahrends.

Aber das habe ich nicht gemeint.

Ich weiß sehr gut, wen ich gemeint habe.

Und dann fällt es mir wie Schuppen von den Augen: Jenny hat Ähnlichkeit mit Franziska.

Mit Anne mache ich am Sonnabend die Ostwanderung. So nennen wir unseren Spaziergang in den Osten der Insel, zum Kalfamer.

Wir beginnen beim Strandhotel, gehen kurz durch die Dünen an den Strand, im Sommer ziehen wir die Schuhe aus und begrüßen mit nassen Füßen die Brandung, dann geht es die Strandpromenade entlang mit den Aussichtsplattformen, wo man die Dünen nicht betreten darf, am Restaurant vorbei bis zum Ende der Strandpromenade.

Dann kommt der schönste Teil, auf Fußwegen

durch die Heide mit den blühenden Bäumen und Büschen im Frühling zum Goldfischteich und weiter über das Café Wilhelmshöhe zur Flughafenstraße. Die gehen wir dann entweder entlang bis zum Flughafen, oder wir gehen zurück an den Strand und wandern dort bis zum Kalfamer, je nachdem.

Den Kalfamer darf man zwischen April und November nicht betreten, aber heute ist es noch März und wir folgen den grünen Leitpfosten durch die Dünenlandschaft. Eine richtige Wildnis hier.

Das gefällt mir nicht immer. Manchmal ist mir das zu einsam, und bei Gewitterlicht sucht man unwillkürlich Schutz vor den Elementen.

An der Ostspitze wird der Sand angeschwemmt, der an der Westspitze verlorengeht. Die Insel wandert nach Osten, wie wir.

Wir gehen Hand in Hand. Annes Anwesenheit neben mir ist wie ein verbindliches Wort, das keiner auszusprechen braucht. Sie ist da. Sie hat ihre eigenen Gedanken und Gefühle, die teilt sie mir mit oder auch nicht. Aber wir sind zu zweit, diese Wanderung ist unser Gemeinsames, die haben wir uns geschaffen in den Jahren, die wir schon hier sind.

Nachher kommen wir ins Haus zurück, sind rechtschaffen müde, es sind etliche Kilometer, und Anne macht Tee. Rosinenstuten ist noch im Brotkasten, aufgeschnitten mit Butter, am Esstisch im Wohnzimmer, draußen ziehen dunkle Wolken vorüber und lassen die Sonne heller strahlen.

Ich bin froh, dass ich Anne habe. Einmal streichle ich ihr über den Rücken ihrer auf dem Tisch liegenden Hand, über die Falten, die Adern, die weiche Haut, sie dreht die Hand und greift nach meinen

Fingern, hält sie fest, lächelt.

Wie geht's dir?, fragt sie.

Gut, sage ich.

Die Geschichte habe ich ihr nicht gezeigt.

Das Kätzchen braucht noch seine Zeit bei der Mutter. Mit sechs bis acht Wochen kann man es weghohlen. Die Behrings, denen es gehört, wollen auch schon alle Impfungen durchführen. Ich wollte ihnen Geld dafür geben, aber das haben sie abgelehnt. Hauptsache, sagen sie, dass das Tier in gute Hände kommt.

Jenny ruft manchmal an. Nicht um sich zu verabreden, nur um mit mir zu sprechen. Sie hört meine Stimme gern, sagt sie. Sie berichtet mir von ihrem Alltag auf der Vogelinsel. Sie schildert Ebbe und Flut wie ein sachliches Ereignis, ein Fußballspiel oder eine politische Wahl: Die Gezeiten sind einfach da und folgen ihren Gesetzen, und doch schaut sie zu und unterhält sich bestens dabei.

Was für Theaterstücke sieht sie noch auf ihrer Insel?

Manchmal wäre ich gerne dabei, würde gern Tage dort verbringen und in diesen Rhythmus eintauchen. Manchmal bin ich froh, hier in der Billstraße morgens aufzustehen, meinen Tee zu trinken, das Abendessen zu kochen.

Jennys Leben dort ist eine Versuchung, ein unlösbares Rätsel, ein dunkles Geheimnis, das bis hierher reicht.

Am Telefon lacht sie viel mehr, als wenn wir zusammen sind.

Wieder dieses Gefühl: Ich lasse in diesen Zeilen mein Spiegelbild sprechen. Ich habe es heraufbeschworen, habe es losgelassen, und jetzt sitzt es mir wie mein Schatten auf dem Leib. Es entsteht bei allem, was ich schreibe, in jedem Satz, in jedem Wort, ich starre auf den Bildschirm, starre auf den blinkenden Kursor hinter dem letzten Wort, hinter „Wort", komme immer zu spät, es hockt schon zwischen den Zeilen und nistet sich ein.

Das Gefühl, dass hier etwas vorgeht, auf das ich keinen Einfluss habe. Ich nehme ständig Einfluss, ich überlege mir Sätze und schreibe sie nieder, aber was eigentlich geschieht, entgeht mir.

Das ist gespenstisch.

Ich glaube, ich lasse das Schreiben eine Zeit lang bleiben.

Vier Wochen sind vergangen. Eigentlich müsste ich mehrere Seiten leer lassen. Die Gespräche mit Schrödinger stecken irgendwie fest. Ich erzähle aus meiner Kindheit, von Anne, von Jenny, aber das kommt mir alles so beliebig vor. Alles dreht sich im Kreis. Merkwürdig, nachdem mir die Gespräche mit ihm so wichtig waren.

Vielleicht ist es doch Zeit, die Therapie zu beenden. Das mit der Geschichte hat ja wohl nichts gebracht.

Aber: Ich habe ein Kätzchen. Ein eigenes.

Kein getigertes wie das von Schrödinger, sondern ein weißes. Angora. Die Behrings haben sich fast mehr gefreut als ich, als sie mir das kleine Knäuel in den Arm legten. Man kann es mit einer großen Männerhand aufnehmen und überall hinsetzen. Man ist mächtig gegen so ein kleines, hilfloses Ding. Man spürt in dieser Macht die Liebe, die man zu ihm hat.

Aus dem quirligen Haufen, der sich da am Katzenbauch der Mutter türmte, fiel eines heraus und purzelte über die anderen hinweg aus dem Korb. Die Mutter leckte es zärtlich und nachsichtig. Das nehme ich, sagte ich zu Behrings. Es soll Purzel heißen.

Es hat mir das Herz geöffnet. Ich habe das richtig gespürt: eine Öffnung in der Brust, durch die etwas hinausgeht und etwas hereinströmt.

Ich glaube, ich bin ganz anders seither. Ich schaue zigmal am Tag nach, ob es ins Kistchen gemacht hat, schaue zigmal, ob der Fressnapf noch voll ist, greife zu Schnur und Wattebausch und Papierkugel, rutsche mit ihm die Treppe vom ersten Stock hinunter, zum Glück Holz: Ich setze mich auf die Stufenkante, strecke mich ein wenig und *bopp* lande ich auf der nächstunteren Stufe, rutsche bis zum Rand, strecke mich wieder, und *bopp*. Das Kätzchen schaut mir zu, krabbelt zur Stufenkante, stürzt sich Hals über Kopf in die Tiefe, *plauz*, landet es flaumig auf dem Bauch, krabbelt wieder vor, wieder *plauz*.

Ja, ich nenne es Purzel.

Wenn ich mit ihm balge, ich brauche dafür ja nur eine große, warme, fleischige Männerhand, in die sie die spitzen Krällchen schlagen kann, dann puste ich es an, damit es lernt, die Krallen einzuziehen beim Balgen.

Das Anpusten mag es nicht.

Seit zwei Wochen ist es jetzt bei mir. Ja, ich bin wie
verwandelt. Keine Anfälle von Sinnlosigkeit mehr,
keine Angst, keine düsteren Gedanken. Wenn ich
morgens aufwache, ist mein erster Gedanke: Was
macht das Kätzchen?

Die meiste Zeit spielt es oder schläft es. Beim
Fressen bin ich dabei und schaue ihm zu, in gemes-
senem Abstand. Beim Spielen staune ich darüber,
wie viel Energie in so einem zerbrechlichen Körper-
chen steckt. Beim Schlafen liegt es auf meinem
Schoß oder auf dem Sofakissen im Wohnzimmer.
Dann schaue ich ihm beim Schlafen zu. Einerseits
das ruhige, gleichmäßige Atmen, wenn sich nichts
regt außer dem ganzen Kätzchen, das sich sacht hebt
und senkt, andererseits die Unruhe, wenn es träumt
oder döst, wenn der Schwanz zuckt oder hin und her
tupft, wenn es sich umdreht, auf den Rücken, alle
Viere von sich streckt. Dann warte ich schon darauf,
dass es aufwacht und mit mir spielen will.

Es ist sehr schön, so einem Wesen zuzuschauen,
das einem anvertraut ist, das aber sein eigenes Leben
hat. So muss es sein, wenn man Kinder hat.

Das mit dem stubenrein klappt gut. Katzenmütter
erziehen ja ihre Jungen schon, auf die Toilette zu
gehen. Behrings haben mir ein paar Tipps gegeben,
wenn es nicht ganz so klappt, aber ich bin skeptisch.
Wie soll man einem Fellknäuel, das nicht spricht,
etwas klarmachen? Versuch und Irrtum, Belohnung

und Strafe, das sind alles so Hauruck-Techniken, ich weiß nicht.

Aber es lebt ja. Es lernt. Es lernt seine Umgebung erkennen. Auch mich.

Wer ich wohl für so ein Kätzchen bin?

Es macht mir nichts aus, durch die Wohnung zu stöbern und es zu erwischen, wie es gerade Häufchen macht. Dann schnappe ich es mir rasch und setze es ins Katzenklo. Das hat es schnell verstanden. Dann trete ich zurück und lass es machen. Unsereiner würde es auch nicht wollen, wenn man ihm auf dem Klo zuschaut. Ich reinige die Streu auch nicht sofort, damit das Kätzchen durch den Geruch den Weg findet. Das haben mir Behrings empfohlen. Und wenn doch etwas danebengeht, putze ich es mit Essigreiniger weg, damit der Geruch das Kätzchen nicht zur Wiederholungstat ermutigt.

Das nimmt alles seinen natürlichen Gang, denke ich. Wenn es erst einmal raus kann, hat sich das sowieso erledigt. Nach drei, vier Wochen im Haus, haben Behrings gesagt. Dann kann ich ruhig die Terrassentür mal aufmachen. Vorher nicht.

Anne legt Wert auf Erziehung und Pflege. Ich trüge die Verantwortung für das Kätzchen, sagt sie, und das Haus sei nun einmal für Menschen gedacht.

Sowieso: Anne.

Sie findet das Kätzchen süß. Freut sich an dem kleinen, lebendigen Ding. Es ist lebhaft, aber hat auch schon seine melancholischen Momente. Es zeigt Charakter. Anne nimmt das hin wie eben bei einem Haustier. Sie denkt organisatorisch. Ein neues Haushaltsmitglied. Ich glaube schon, dass sie sich darüber freut, aber sie kann mein Entzücken daran, meine staunende Liebe zu dem Kätzchen nicht nachvollziehen. Vielleicht findet sie ihre eigenen Augenblicke des Entzückens. Ich sollte sie mal fragen. Was ihr denn das Kätzchen bedeutet. Anne ist ja nicht gefühllos.

Sechsmal am Tag kriegt es zu fressen. Frisches Futter aus der Dose, ein bisschen Trockenfutter und einmal ein Schälchen verdünnte Milch. Die verträgt es nicht immer, manchmal kriegt es Durchfall davon, aber sie fährt auf die Milch voll ab.

Ich trete ein paar Schritt zurück, aber ich kann nicht widerstehen und schaue ihm beim Milchlecken zu. Die kleine rosa Zunge, wie sie reinraus die Flüssigkeit in das Schnäuzchen schlabbert. Ich wundere mich immer wieder, dass man so überhaupt Flüssigkeit transportieren kann. Dann sehe ich die vielen Warzen, mit denen die Zunge besetzt ist und die sie rau machen. Ein technisches Kunststück.

Nach dem Fressen will es seine Ruhe. Verkriecht sich unter dem Sofa oder zwischen Kissen und Lehne. Will nichts wissen und nicht gestört werden. Es fällt mir schwer, es in Ruhe zu lassen.

Ruhiger Futterplatz. Im Vorraum, nahe der Küchentür, in einem Eck. Da stört es niemand, wenn es fressen will. Den Futternapf spüle ich gleich mit warmem Wasser aus, damit keine Reste festbacken, und das Wasser erneuere ich öfter. Manchmal schwimmen seine Haare darauf. Die Reste aus den angebrochenen Dosen wärme ich im Wasserbad ein bisschen auf, wenn ich sie aus dem Kühlschrank hole, oder lasse sie bei Zimmertemperatur stehen. Es soll es gut haben bei mir.

Als ich es mitbrachte, war es ein bisschen unruhig und verstört. Weg von Mutter und Geschwister, hinein in ein stilles, leeres Haus mit einem großen Menschen, den es nicht kennt. Ich habe beruhigend mit ihm gesprochen, habe ihm das Katzenklo und die Futterecke und das Sofa gezeigt, habe mich ihm behutsam genähert und keine raschen Bewegungen gemacht. Es immer wieder beim Namen genannt. Das wird schon, dachte ich zufrieden. Zu mir kann es Vertrauen fassen. Es wird merken, dass ihm hier nichts Böses droht.

Wenn es Angst hat, duckt es sich, macht einen Buckel, sträubt die Haare. Die Ohren sind angelegt, und es faucht. Dann rede ich mit leiser, ruhiger Stimme auf es ein, komme aber nicht näher. Merkwürdig, diese Verhaltensweise, die man von erwachsenen Katzen so gut kennt, sogar von Tigern im Zoo, an so einem kleinen Wisch zu beobachten. Alles schon da, denke ich. Die Sprache bleibt die Gleiche. Auch wenn es niedlich aussieht und man es gleich tröstend in den Arm nehmen will, ist es ernst gemeint. Ich respektiere es. Meistens verkriecht es sich dann, und wenn es wieder herauskommt, ist alles vorbei.

Die Angst eines Tieres. Angst ist immer dieselbe. Etwas, das mich ernst und verantwortungsbewusst macht. Auch Tiere haben Not und Angst, Elend und

Enge. So ein Kätzchen ist nicht nur süß und goldig. Das freut mich. Das macht mir klar, dass ich jetzt wirklich ein Leben zu betreuen habe, ein Wesen im Haus, mit dem das Zusammenleben gelernt sein will.

Es begrüßt mich. Wenn ich vom Einkaufen komme oder aufstehe und es schon wach ist. Es stellt den Schwanz steil und reckt den Kopf, wenn es auf mich zukommt, und maunzt. Es hat schon eine ausgefeilte Sprache, aber warum auch nicht? Es reagiert auf mich, ich bin nicht bloß ein gesichtsloser Spielpartner und Futtergeber. Es baut eine Bindung auf. Jemand, von dem es Gutes erfahren hat und weiterhin Gutes erwartet. Das ist wunderschön.

Bei einem niederen Tier wie einem Goldfisch oder einem Hamster hat man es bloß mit Instinkten zu tun, und bei Menschen spielt vieles andere mit hinein, macht es kompliziert und im falschen Sinne selbstverständlich. Aber bei meinem Kätzchen kann ich richtig zuschauen, wie sich Gefühle aufbauen, Reaktionen entwickeln, wie es unsere Beziehung zu verstehen und zu gestalten lernt.

Warum wirkt alles so witzig bei meinem Kätzchen? Kindchenschema, heißt es ja, aber das erklärt nichts. Wenn es mit der Pfote in etwas Nasses gerät, schüttelt es sie, und der Ausdruck der Abscheu ist drollig in ihrem Gesichtchen. Und manchmal, beim Balgen, tretelt es, wie man das nennt. Es tritt mit den Hinterpfoten gegen meinen Arm, den es mit den Vorderpfoten umklammert hält. Das tut es so mechanisch und so selbstvergessen, dass ich richtig sehen kann, wie urvertraut ihm das ist.

Bei der Mutter hat es so getretelt, um die Milch-produktion der Zitzen anzuregen, heißt es. Für mich ist es ein Vertrauensbeweis. Für mich ist es das Zeichen: Ich bin noch ein Kind.

Beim Schreiben im Arbeitszimmer hole ich es mir auf den Schoß. Manchmal bleibt es liegen, manchmal aber stöbert es umher, will auf den Tisch krabbeln oder schnappt mit dem Tätzchen nach meinen sich bewegenden Fingern. Mäusefinger, denke ich. Huschen über die Tasten. Locken das Kätzchen. Am liebsten würde ich es im Original, Fellhaar für Fellhaar, Pfötchen für Pfötchen, auf den Bildschirm schreiben.

Im Arbeitszimmer gibt es natürlich viel zu entdecken. Es gibt Topfpflanzen zu benagen, Regale zu erklimmen, an Buchecken sich zu reiben, Stromkabel zu betatzen, Sofas, um herunterzufallen, Kissen, um sich darin zu verkriechen, und wenn ich eine Zeit lang nicht hingesehen habe, sitzt es oben auf dem Teetisch und schaut vergnügt in die Runde. Unglaublich, wohin es klettern kann. So tapsig es wirkt, hat es schon wunderbare Reflexe und eine angeborene Körperbeherrschung.

Mir wird immer noch ganz warm ums Herz, wenn ich es so aufnehmen und in meiner Hand halten kann. Ein ganzes Leben in einer Hand! Deutlicher kann die ganze Hinfälligkeit, die Bedrohtheit, aber auch die Bedürftigkeit und Lust eines Lebens nicht versinnbildlicht werden.

Einmal habe ich es gesucht. Kurz zuvor war es mit mir im Schlafzimmer, an der Kommode. Dann war es weg. Das ist nicht weiter erstaunlich, das Haus hat viele Winkel. Aber ich wurde doch unruhig. Nachdem ich es eine Weile nirgends gesehen hatte und es auch nicht von selbst kam, suchte ich nach ihm. Im Schlafzimmer stand die Kommodenschublade einen Spalt offen, ich hatte sie wohl nicht richtig geschlossen. Drinnen rumorte es. Ich öffnete sie, und zwischen meinen Socken tauchte sein Köpfchen auf, das Weiß zwischen den weißen Strümpfen nur am rosa Schnäuzchen und den Augen zu erkennen. Da es die unterste Schublade ist, musste es, als ich die Wäsche verstaut hatte, hineingewitscht sein, ohne dass ich es merkte. Es krabbelte vergnügt wieder heraus und schien nicht so, als hätte es sich eingesperrt gefühlt. Im Gegenteil. Da drin gab es wohl einiges zu kramen.

Wenn es schnurrt, das ist göttlich! Ich meine das so. Wenn Gott einer ist, der den Katzen das Schnurren gegeben hat, diesen Ausdruck größten Wohlbehagens und Vertrauens, der bei einem Menschen so viel heilen und ins Lot bringen kann, zumindest bei mir, dann kann es nur ein guter Gott sein. Dann würde ich mich ihm gerne anvertrauen.

Sie machen es ja wirklich mit der Kehle, habe ich gelesen. Mein Kätzchen hat noch ein kleines, helles Schnurren, weil ihm der Resonanzkörper fehlt. Aber es wirkt. Ich spüre dann nicht nur die Wärme auf meinen Knien, das Atmen, sondern auch das Schnurren, das sonore Vibrieren, das durch den ganzen kleinen Leib geht.

Wenn Menschen schnurren könnten, wäre viel gewonnen. Ob ich jemals einen Augenblick gehabt hätte, in dem ich hätte schnurren wollen, weiß ich allerdings nicht.

Ja, rede ich dann im Stillen mit meinem Kätzchen: Ich bin bei dir. Du bist bei mir. Es kann dir nichts passieren.

Immerhin ist die Welt auch so eingerichtet, dass dieses Schnurren den Wunsch weckt, sich des Vertrauens würdig zu erweisen.

Es ist eine Sie. Ich solle sie irgendwann sterilisieren lassen. Ab dem sechsten Monat, heißt es. Vielleicht auch nicht. Aber im Augenblick ist es noch ein Kätzchen. Purzel eben.

Einen Kratzbaum braucht es, am besten mit Höhlen und Schlupfwinkeln, an dem es herumklettern und seine Krallen wetzen kann. Die sind ja noch klein, aber die Vorhänge und Gardinen und das Sofa leiden bereits. Ich habe vor, so einen Kratzbaum selber zu machen. Ich besorge mir draußen auf der Insel einen knorrigen Ast, wickle dicke Hanfschnur darum, zimmere vielleicht ein Häuschen oder eine Röhre oder sowas, wo es sich verstecken kann. Das würde mir Freude machen. Handwerklich bin ich ja geschickt, und das Kätzchen würde mir dabei zuschauen und sich fragen, was ich da wohl mache.

Ich erzähle Schrödinger von dem Kätzchen und wie es mich verändert hat. Er hört dem mit psychologischem Interesse zu. Ob er meint, dass es mich weiterbringt, weiß ich nicht. Ist mir auch egal.

Müsste es ja eigentlich, denn laut Schrödinger hat mein Problem mit Katzen zu tun.

Mein Problem. Wie das klingt. *Mein Kätzchen* – das klingt besser.

Nie könnte ich es übers Herz bringen, mein Kätzchen in so eine Kiste mit einem Giftgasmechanismus zu setzen. Da kann auch nur ein Wissenschaftler draufkommen.

Schrödinger ist ein Arsch!

Ich meine den Physiker, aber für den anderen gilt das vielleicht auch.

Ich weiß nicht, was er sich denkt, wenn ich von meinem Kätzchen erzähle. Ich habe ihn gefragt, ob sein Kätzchen für ihn bloß ein Haustier ist oder mehr. Er hat geantwortet: Es ist ein Lebewesen, das Liebe braucht und gibt. Hätte ich mir denken können.

Ich habe keine Ruhe. Ich kann nicht hier sitzen und warten, bis es hell wird. Oder gar schlafen gehen. Ich muss raus und es suchen.

Es ist durch die Terrassentür ausgebüxt. Wahrscheinlich habe ich beim Schließen den Umstellhebel betätigt, ohne dass sie im Schloss war, und dann hängt die Tür zwischen Kippen und Schwenken nur in einer Angel. Da ist es raus.

Ich habe es überall im Haus gesucht. In alle Schubladen habe ich geschaut. Es muss durch die

Terrassentür sein. Es soll doch noch nicht raus. Findet doch nicht zurück. Oder?

Ich weiß nicht. Ich muss auch raus. In den umliegenden Gärten suchen, mit der Taschenlampe. Die Leute fragen, ob sie etwas gesehen haben. Vielleicht hat jemand es gefunden und weiß nicht, wohin es gehört.

Das Schreiben nützt nichts. Nein, ich muss raus.

Wenn es zum Meer hin ist, wird es gefährlich.

Ich habe bis elf gesucht. Keiner hat es gefunden, und manche waren richtig sauer, weil ich da in ihren Gärten rumgestiefelt bin.

Ich bin dann zum Meer runter, aber was habe ich da eigentlich gesucht? Wenn es ins Wasser gekommen ist und das ablaufende Wasser es hinausgezogen hat, werde ich nichts finden. Das hab ich mir auch gesagt.

Dann bin ich zu den Salzwiesen. Da gibt es ja einen Haufen Gräben. Aber im Schein der Funzel ist nichts zu erkennen, die Grasbüschel werfen Schatten, und in den Gräben spiegelt das Licht bloß. Ein bisschen habe ich gehofft, dass ich das weiße Fell in der Dunkelheit sehen kann, aber nichts.

Ich bin raus bis nach Loog. Habe auch am Leuchtturm gesucht. Es ist aussichtslos.

Ich muss bis morgen warten.

Kann nicht schlafen. Will jetzt nicht herumschreiben über alle möglichen Sachen. Ich kann nur an mein Kätzchen denken, wie es spielt, wie es die Pfötchen schnappen lässt nach dem Wattebausch an der Schnur, wie es mit seinem rosa Schnäuzchen im Futter stöbert, wie die kleine Zunge herauskommt und leckt, wie es die spitzen Zähnchen zeigt, wie wir gemeinsam die Treppe hinunterrutschen ...

Irgendwie hat sich die Geschichte, die ich geschrieben habe, erfüllt. Als wäre sie ein prophetischer Traum gewesen.

Irgendetwas erfüllt sich gerade.

Eine Macht ist am Wirken.

Das ist mir unheimlich.

Ich werde hinuntergehen und alle Lichter anmachen. Ich werde den Fernseher einschalten, in *phoenix* kommen immer Dokumentationen. Ablenkung. Trost. Das Leben geht weiter, auch in dieser Nacht.

Ich habe nicht geschlafen. Auch nichts geschrieben. Im Arbeitszimmer läuft der Rechner und ist bereit. Es wird hell draußen. Ich mach mich wieder auf die Suche.

Es ist tot.

Ich habe es heute morgen in einem der Wassergräben gefunden.

Ich habe es in meine Hand genommen, es war nass und schmutzig und schwerer als sonst. Ich war froh, dass die Möwen es noch nicht gefunden hatten.

Ich habe es nach Hause getragen, dumm beglotzt von den Spaziergängern.

Manche sahen, was ich in der Hand hielt, und machten mitleidige Bemerkungen.

Anne hat gesagt, ich sei weiß wie eine Wand gewesen.

Ich hab es auf den Küchentisch gelegt, auf einen Lappen. Habe mich daneben gesetzt und es angesehen.

Ich konnte es nicht mehr ansehen. Ich konnte nur so tun, als wäre das nicht mein Kätzchen. Irgendein Leichnam. Aber die Vorstellung, dass es noch gestern gekrabbelt und gefressen und gespielt hat, hat mir das Herz gebrochen.

Wir haben es in ein Geschirrtuch gewickelt und im Garten vergraben. Ob es in der sandigen Erde gut liegt, weiß ich nicht.

Ich konnte es nicht mehr ansehen. Nichts regte sich mehr an ihm. Das war nicht so, als ob es schliefe. Diese Reglosigkeit ist endgültig. Man kann es sehen. Keine Bewegung mehr, die von selbst geschieht. Es kann nur noch bewegt werden, wie ein Gegenstand.

Was ist das, das aus ihm gewichen ist?

Und ich bin schuld.

Du bist nicht schuld, sagt Anne. Aber das kann ich nicht glauben. Das kann jedem passieren, sagt sie. Aber das ändert nichts. Es war mir anvertraut. Es hat mir vertraut. Ich hätte verhindern sollen, dass es jetzt schon rausgeht. Es war noch nicht soweit. Und dann lasse ich diese scheiß Terrassentür nicht einrasten!

Ich glaube, Anne weiß nicht, was sie mit mir machen soll. Ich schließe mich im Arbeitszimmer ein, auch wenn mich dort alles an das Kätzchen erinnert. Oder vielleicht gerade deswegen. Ich setze mich zu Anne vor den Fernseher und glotze stumpf auf den Schirm. Ich esse nichts mehr. Ich mache mir keinen Tee mehr. Ich rauche, ja, das wenigstens. Ich rauche zwanzig Zigaretten am Tag, mir ist längst schlecht, aber ich kann nicht aufhören. Ich kann nichts anderes tun.

Ich glaube, sie kann sich nicht ausmalen, was in mir vorgeht.

Es ist ja nur ein Kätzchen, sage ich mir. Das ist kein geliebter Mensch, der da gestorben ist. Kätzchen gibt's wie Sand am Meer.

Das ist der Gang der Dinge.

Das kann passieren.

Der Lauf der Natur.

Scheißdrauf!

Wenn ich mir vorstelle, wie es in den Graben gefallen ist, wie es versucht hat zu schwimmen, wie es gestrampelt hat und das Näschen unter Wasser gekommen ist, wie es jämmerlich ertrunken ist und dann noch gezappelt und sich nicht mehr bewegt hat, dann –

Das ist der reinste Masochismus. Ich bin schuld. Ich habe nicht aufgepasst. Es hat mir vertraut.

Weiß nicht. Mir fällt nichts mehr ein. Habe nichts zu sagen. Lasse es einfach.

Ich habe Schrödinger aufs Band gesprochen. Habe den Termin übermorgen abgesagt. Hab keine Lust hinzugehen.

Heute hat er zurückgerufen und gesagt, dass er das nicht gut finde. Ob etwas passiert sei.

Ich hab's ihm erzählt.

Sie müssen kommen!, sagt er. Gerade jetzt ist es wichtig! Überwinden Sie sich, das wird Ihnen guttun! Sie können meinetwegen die ganze Stunde nur heulen, ich habe genug Taschentücher. Seine forsche Art ging mir auf die Nerven. Aber für ihn ist ja bloß ein Haustier gestorben. Eines, das Liebe braucht.

Die Fährüberfahrt war furchtbar. Ich habe mich unter Deck gesetzt, nicht oben hin wie sonst. Es herrschte strahlender Sonnenschein, das Festland war früh zu erkennen. Mir wär's lieber gewesen, wenn es geregnet hätte. Die Leere hinter der Helle war noch unerträglicher, alles war wie aus Glas, kalt und hart. Wie überbelichtet alles, ich habe die Augen zusammengekniffen und wollte nichts sehen. Anderthalb Stunden wie zwischen den Welten.

Ich verstehe das nicht. Nicht einmal wenn Anne sterben würde, würde ich mir so gottsjämmerlich verlassen vorkommen. Mutterseelenallein. Und so schuldig.

Dann, als wir Norddeich erreichten, fand ich es gut, zu Schrödinger zu kommen. War gespannt, was er sagen würde.

Das tut mir leid, sagte Schrödinger. Was soll er auch sonst sagen?

Es ist nicht bloß Schuld, sagte ich. Es ist eine Panik, eine Angst, die mich erstarren lässt. Bis ins Mark. Es ist ein Entsetzen. Ich bin wie gelähmt. Ich habe es getan, und irgendwie ist es kein Wunder. Ich habe es immer gewusst, dass so etwas passieren kann, und dass es passieren wird. Es kommt mir vor wie vorherbestimmt. Ein Fluch. Schicksal. Eine ekelhaft sinnvolle Geschichte. Es kommt mir vor, als hätte ich das schon mal erlebt, alles ist tief vertraut, der ganze Abgrund in mir, das kenne ich alles. Als hätte es das in mir schon immer gegeben, als wäre ich das in Wahrheit, und wenn es jetzt an den Tag kommt, dann ist das nur die Bestätigung.

Ich verstehe das nicht, sagte ich. Wie kommt das?

Ich bin wütend auf mich. Aber nicht so, wie wenn man gegen jemanden aufbegehrt oder ihm Vorwürfe macht. Ich bin wütend, dass ich so bin, wie ich bin. Als wäre jetzt endlich offenbart worden, was für einer ich bin. Das befreit. Das Urteil befreit. Jetzt endlich kann ich zugrunde gehen. Die ganze Zeit meines Lebens, seit meiner Kindheit, war ein Irrtum.

Ich habe mehr verloren als nur ein Kätzchen. Ich habe eine Welt verloren. Eine Welt, in der so etwas wie Heil oder Unschuld noch möglich war. Ich habe ein Stück unschuldiges, hilfloses, zuwendungsbedürftiges Leben umkommen lassen. Ich habe es verraten. Ich habe das Leben selbst verraten, das naive, unbekümmerte Leben, das nur leben will, in der Sonne liegen, spielen, sich freuen.

Ich mit meinen großen Männerhänden habe den Tod gebracht. Gott hat Gefallen an diesem Kätzchenleben. So hat er sich das Leben gedacht. Es ist verletzlich und bedroht in dieser Welt, das göttliche Leben. Ich habe Gott verraten. Ich habe alles verraten, was es in dieser Welt wert ist, bewahrt und erhalten zu werden.

Das ist es vermutlich, was mich daran so bitter macht: weil es so unschuldig war.

Männer wie ich sind es, die den Tod und die Schuld in die Welt bringen. Nicht aus Bosheit. Vielleicht aus Gedankenlosigkeit oder weil sie sich der Verantwortung nicht bewusst sind, die sie haben. Weil sie mit eigenen Dingen beschäftigt sind und die Aufsicht vernachlässigen, die Achtsamkeit auf dieses verletzliche Leben. Weil sie an eigene Ziele denken und die eigene Befriedigung vor Augen haben, weil sie viel zu sehr mit sich selbst beschäftigt sind, um des Kostbaren, das in ihre Hand gelegt wurde, würdig zu sein.

Ich bin es nicht wert.

Woher kommt das?

Ich kenne das Gefühl.

Und wenn ich jetzt, mit diesem neuen, altbekannten Gefühl auf das Watt hinausblicke und mir bewusst werde, was ich hier habe: die Arbeit im Wasserwirtschaftsamt, Anne, das Haus, die Inselspaziergänge – dann wird mir klar, dass es dieses Gefühl des Unwerts ist, was ich immer von hier fernhalten wollte.

Das ist es, was ich gefürchtet habe.

Davor bin ich auf der Flucht.

Es macht alles, was ich erreicht habe, leer und nutzlos. Es ist unrechter Besitz. Etwas Geliehenes, das mir wieder genommen werden kann. Und ich glaube, dass es mir jetzt genommen wird.

Vielleicht vergeht dieses Gefühl ja wieder.

Aber es hat alles verändert.

Die ganzen Jahre erscheinen in einem anderen Licht. Ein kaltes, helles, nüchternes Licht. Es ist eben so, sagt dieses Licht. Du bist so, und es wurde Zeit, dass du es einsiehst.

Jetzt gibt es kein Leben mehr für mich.

Anne kann mich nicht trösten. Sie weiß nicht, wie sie mit mir umgehen soll. So hat sie mich noch nie erlebt. Aber sie merkt, dass da etwas Furchtbares geschehen ist. Das ist nicht nur ein Haustier oder ein junges Kätzchen, das gestorben ist. Da ist etwas in mir zu Bruch gegangen. Das kann sie sich nicht erklären.

Ich müsste mit ihr darüber reden. Aber ich kann ihr nicht erzählen, was Schrödinger und ich seit Monaten verfolgen. Ich müsste ihr mein Leben erzählen, mein Leben vor Kiel, meine Zeit in München, mein Zusammensein mit Franziska. Obwohl ich mir selbst keinen Reim darauf machen kann.

Aber vielleicht würde es helfen: einfach erzählen. So wie in diesen Zeilen. Und hoffen, dass sie das Muster erkennt, das mir verborgen bleibt.

Ich kann es nicht fassen. Es war nur ein Kätzchen, sage ich mir. Aber es ist dort in dem Wassergraben elend zugrunde gegangen, und ich war nicht da, es zu retten. Ich habe es verraten, ich habe es im Stich gelassen. Das darf nicht passieren! Was ist das für eine Welt, in der ein unschuldiges, hilfsbedürftiges Leben so im Stich gelassen wird?

Das sieht alles nach einer Retraumatisierung aus, meint Schrödinger. Dieses Minderwertigkeitsgefühl ist bemerkenswert.

Was heißt hier bemerkenswert?, frage ich.

Es deutet auf etwas hin. Sie müssen etwas Traumatisches erlebt haben.

Und was?

Das müssen wir herausfinden.

Wir!

Ich habe das Gefühl, als wäre eine höhere Macht am Wirken, sage ich.

Das ist so, sagt er. Wenn das Unbewusste ins Bewusstsein einbricht, erleben wir das oft als eine höhere Macht.

Das meine ich nicht. Oder wollen Sie behaupten, mein Unbewusstes hätte das Kätzchen getötet?

Darauf sagt er nichts.

Ist auch besser so. Aber ich weiß schon, was er sagen will. Ich weiß schon, was er sich in seinem Psychologenhirn zusammendenkt. Das macht mich wütend.

Ich hätte unbewusst die Terrassentür nicht ordentlich verriegelt, um das Kätzchen einer Gefahr auszusetzen und seinen Tod zu inszenieren. Damit ich zur Selbsterkenntnis komme. Das ist es, was er sagen will.

Was ist das für ein Menschenbild?, frage ich mich. Wie kann man durch diese Welt gehen und das Leid von Menschen, ihre Angst, ihr Versagen so deuten?

Und ein Gott, der ein unschuldiges Kätzchen sterben lässt, damit ich einer Wahrheit auf die Spur komme, kann mir erst recht gestohlen bleiben.

Tatsache ist, sage ich, dass Franziska kein Kätzchen gehabt hat. Kein einziges Haustier. Das wäre auch nicht gegangen, weil Haustiere nämlich in ihrer Wohnung verboten waren!

Vielleicht geht es gar nicht um ein Kätzchen, sagt Schrödinger. Vielleicht ist das nur das Symbol. Vielleicht geht es um Franziska. Vielleicht ist es die ganze Zeit um sie gegangen.

Wie meinen Sie das?

Wie könnte ich das meinen?, fragt er mich zurück.

Was weiß ich, was Sie sich da in ihrem Psychologenhirn zusammenreimen! Ich habe Franziska geliebt, und irgendwann ist es auseinandergegangen. Das ist alles.

Das ist nie alles, sagt Schrödinger. Denken Sie an die Katze in der Kiste.

Sie können mich mal, sage ich und beende die Sitzung.

Das Haus ist so leer und still. Es war schön, als da noch jemand war, der die Dinge veränderte, den ich suchen, nach dem ich schauen, den ich beobachten konnte. Nun bleiben die Dinge so liegen und stehen, wie ich sie gelassen habe. Nichts verändert sich. Die Stille hat etwas von Tod.

Ich sitze herum, komme manchmal kaum aus meinem Zimmer heraus. Ich nenne es immer nur mein Kätzchen. Wenn ich es Purzel nenne, habe ich das Gefühl, es ist noch am Leben.

Ich bin bei Jenny gewesen. Über Nacht, weil das Hochwasser zu früh kam und die Überfahrt bei Niedrigwasser nicht zu machen ist. Ich habe mit Anne telefoniert, sie hat es als ein Missgeschick gesehen, als höhere Gewalt.

Ich habe auf dem Sofa geschlafen, es ist nichts weiter passiert zwischen Jenny und mir. Aber dass wir eine Nacht zusammen verbracht haben, dort in diesem Vogelwärterhaus auf der Vogelinsel, hat uns verbunden.

Wir hatten abends viel Zeit zum Reden. Ich habe ihr von dem Kätzchen erzählt, sie hatte als Kind auch eins und konnte meine Gefühle nachvollziehen. Von Schrödinger oder Franziska erzählte ich nichts, aber von dem Gefühl des Unwerts und der Sinnlosigkeit, das plötzlich mein Leben zerstört.

Sie hat zugehört, aufmerksam, nachdenklich. Das hat gutgetan, aber ich merkte, dass da eine Saite in ihr selbst zum Schwingen kam. Wir machten ein zweites Mal Tee, machten eine Dose Kieler Sprotten auf und brieten Rührei dazu, Möweneier hatten wir zwar nicht, aber es ging auch so. Dazu Brot und den Tee. Wir saßen am Küchentisch, spätnachts, und aßen, redeten, waren beieinander, ohne uns zu berühren.

Sie war ganz ernst. Jetzt konnte ich mich des Vertrauens würdig erweisen, merkte ich. Schon wieder. Aber ich brauchte bloß zuzuhören.

Sie erzählte von ihrem Vetter, der sie als Kind missbraucht hatte. Immer wieder, zwei Jahre lang. Sie erzählte von ihren Gefühlen, der Widerlichkeit, der Angst, der Ohnmacht, von der Geheimhaltung, die er ihr aufzwang, von dem Schuldgefühl, das sie bekam, und davon, dass sie ein böses, hässliches, schmutziges Mädchen war, das man nicht gernhaben konnte.

Sie hat es nie öffentlich gemacht. Bis heute nicht. Sie hat eine Therapie hinter sich, das ja. Aber sie kann diesem Vetter bis heute nicht begegnen. Sie wünscht ihm den Tod. Sie kann kaum die Nähe eines Mannes ertragen, außer wenn sie großes Zutrauen zu ihm hat.

Wie zu mir, sollte das heißen.

Ich höre mir das an, denke: Was für eine Geschichte! Wieder dieses unschuldige, wehrlose Leben, das in den Schmutz getreten wird.

Wieso kann das passieren? Was ist mit dem Menschen, dass er anderen so etwas antut? Warum greift der Gott, der den Katzen das Schnurren gab, nicht ein und verhindert es?

Aber es ging nicht um große Fragen. Es ging nicht um meine Gefühle und Zweifel. Es ging um Jenny, um dieses eine Leben, das da vor mir saß und sich monoton erzählte, mit gesenktem Blick, die

Finger ineinander verkrümmt.

Ich hätte sie gern in den Arm genommen, wusste aber, dass diese tröstende Geste das Falsche gewesen wäre. Der Respekt vor ihrem Leben hielt mich auf Abstand.

Am Schluss nahm sie meine Hand, meine große Hand, in der ihre wie die einer Puppe wirkte, und drückte sie einmal. Dann ließ sie wieder los.

Es ging nicht um körperliche Nähe oder Zärtlichkeit. Es war wichtiger, beieinander zu sein, der Eine ganz nah beim Anderen.

Ich habe merkwürdig gut geschlafen auf diesem Klappsofa im Wohnzimmer, zwischen Schreibtisch und altmodischer Stehlampe. Wie früher, wenn ich bei meiner Oma übernachtete, in Pulling. Ein Daunenkissen, eine Steppdecke, eine Wolldecke – es war ein Lager. Ein echtes Nachtlager, provisorisch und der Situation angemessen. Ich schlief besser als in vielen Nächten zuhause.

Am Morgen war es kühl im Zimmer und die Fenster beschlagen. Ich hörte als erstes den Wind und dann Jennys Schritte auf dem Dielenboden. Sie ging barfuß im Nachthemd umher, ungeniert, als wären wir Geschwister und ein erotischer Reiz undenkbar.

Ich war dafür auch nicht empfänglich. Ich freute mich, dass sie da war und dass wir zusammen frühstücken konnten. Ein ganz anderer Tag als die bisherigen. Zuhause säße ich bald vor dem Fernseher und würde die Waltons anschauen. Dort fror ich in der kalten Luft, die durchs offene Fenster wehte, weil Jenny morgens gern lüftete.

Ich rauchte zwei Zigaretten am offenen Fenster.

Die Insel war grau und trüb am Morgen, bevor die Sonne über den Dunst stieg. Sie schlief noch, die Insel, war taub und sachlich, eine Anhäufung von Schlick und Sand, eine Vogelkolonie mit Heidekraut.

Als ich nach Hause kam, war es, als wäre ich weit weg gewesen. Als hätte ich eine große Reise hinter mir und eine Menge zu erzählen. So schaute Anne mich an.

Ich weiß, wir müssen einmal miteinander reden, Anne und ich. Irgendwann wird sie in der Tür des Arbeitszimmers stehen und sagen: Lass uns reden. Wir müssen etwas klären. Und sie wird fragen. Was ist das mit Jenny? Was soll das werden? Und ich werde die Achseln zucken und es nicht wissen.

Anne erzählt, dass sie im Jugendheim Ecstasy bei einigen Jungs gefunden haben. Alle seien fast in Ohnmacht gefallen. Drogen – in ihrem Jugendheim! Dabei braucht das niemanden zu wundern, sagt Anne gelassen. Was denken die denn? Das werfen die Kids heutzutage ein wie Kaugummi oder Traubenzucker.

Ich höre nur halb zu. Warum erzählt sie mir das?

Sie schildert, wie sie die bunten Tabletten mit den harmlosen Aufdrucken gefunden hat, Kinderbonbons, allein die Aufmachung eine dreiste Lüge. Ich will davon nichts wissen, höre aber doch zu.

Hast du die schon einmal genommen?, frage ich.

Sie schüttelt den Kopf, nicht entrüstet, sondern so abgeklärt, als wunderte sie sich, dass ich überhaupt auf so eine Frage komme.

Und du?

Ich glaub schon, sage ich. Irgendwie kann ich mich an die bunten Dinger erinnern, sage ich. Irgendwie habe ich ein Bild im Kopf.

Die bunten Tabletten, rot und grün und blau und gelb, mit Blumen oder Früchten aufgedruckt, in einer hohlen Hand.

Darüber denke ich gerade nach.

Eigentlich kann ich mich nicht erinnern, wann das gewesen sein soll. In Freising vielleicht, als ich zum ersten Mal in eine Disco ging? Oder doch in München, als wir in den vielen modernen Tanzschuppen unterwegs waren? Einmal neben der Bar etwas zugesteckt bekommen? Franziska, die immer lustiger und aufgedrehter wird?

Ich weiß es nicht.

Ich kriege eine Phobie vor geschlossenen Türen. Ich muss sie immer offen lassen, so weit, dass ich sehe, was dahinter ist. Natürlich weiß ich, was dahinter ist, aber wenn ich im Haus auf eine geschlossene Tür zugehe, kriege ich feuchte Hände und Herzklopfen. Ich stehe davor und kann die Klinke nicht herunterdrücken. Mir kriecht eine Gänsehaut den Rücken hoch. Etwas Unheimliches hat sich im Haus eingenistet, und abends lasse ich manchmal das Licht im Flur brennen und die Schlafzimmertür offen.

Ich habe im Internet recherchiert. Ich habe ein Bild dieser Ecstasy-Tabletten gesehen, genau so, wie ich es im Kopf hatte. Das erinnert mich an etwas, ich weiß nur nicht was. Wie ein Gedanke, der einem durch den Kopf geistert und den man nicht zu fassen kriegt. Er ist schon da, seine Anwesenheit spürbar. Er will nur nicht Sprache werden.

Sie sind dabei, in die Kiste zu schauen, sagt Schrödinger. Wir müssen jetzt behutsam sein. Lassen Sie den Dingen ihren Lauf! Achten Sie auf Träume!

Was werde ich in der Kiste finden?

Sie wissen es längst, sagt Schrödinger. Ihr Unterbewusstsein weiß es.

Und was wird geschehen?

Sie werden das Trauma noch einmal erleben. Diesmal mit dem Bewusstsein des Vierzigjährigen. Sie werden den Schmerz aushalten können, ohne ihn verdrängen zu müssen.

Sind Sie da sicher?

Nun, ein gewisses Risiko ist immer dabei, räumt er ein. Aber, ich denke, Sie sind stabil genug.

Stabil? Ich? Hat der eine Ahnung!

Die bunten Kinderbonbons. Wie viel muss man nehmen? Da ist der Andere, der hat auch solche Bonbons. Aber ich darf sie nur mit dir zusammen nehmen. Nimm zwei. Das ist zuwenig. Ich nehme eine Handvoll. Das ist zuviel. Was tun wir? Wir haben Spaß. Wir haben uns. Das Leben ist doch schön, oder? Sag doch: Das Leben ist schön! Sag es doch, schnell, sag es! Wo bist du? Ich kann dich nicht mehr sehen. Ich kann nichts mehr hören. Ich bin allein. Ich fühle nichts mehr. Ich bin nicht mehr da. Eine große Dunkelheit, weiß wie Schnee, in der ich versinke. Ein Schlaf, ekelhaft überwach und grell. Wo bist du? Halt mich in deinem Arm. Da kann mir nichts passieren. Ein Gift kreist in mir, ich spüre es. Wo bist du? Nicht wahr, bei dir kann mir nichts passieren? Sag doch, sag es schnell! Du – bist – bei – mir ...

Ich sitze in den Salzwiesen am Rand des Wassergrabens, wo ich mein Kätzchen gefunden habe. Ich sitze da und halte etwas Nacktes, Weißes im Arm. Es ist kalt, Flüssigkeit läuft aus seiner Nase. Ganz plötzlich. Dann ist alles wieder still. Ein letztes Zeichen. Das Leben ist gegangen.

Was war zuvor, dass es einfach gehen kann?

Ich sitze und halte das Nackte, Weiße und schaue aufs Watt hinaus, wo lautlos die Flut kommt. Fern sehe ich Lichter. Vom Festland? Das kann nicht sein. Ich bin hier auf einer Insel, weit draußen auf hoher See.

Ich warte. Halte es in den Armen. Worauf warte ich?

Bis es Morgen wird. Bis ich aufstehen und gehen kann, endlich gehen. Ich sitze seit Äonen, kann mich nicht regen, in meinen Armen wird es schwerer und schwerer.

Niemand sieht mich. Hier, in den Salzwiesen, kann mich niemand sehen. Nur das Meer und ich. Der Himmel. Der Horizont. Hier steht die Zeit still.

Vielleicht bin ich gar nicht reglos. Vielleicht bewege ich mich mit Lichtgeschwindigkeit, und alles andere ruht.

Das wird es sein. Einstein, Relativitätstheorie. Ich

altere nicht. Für mich vergeht keine Zeit. Nichts verwest, es bleibt in meinen Armen kalt und weiß. Niemand kann mich erreichen. Nur das Licht findet sich ein, das Licht von Nirgendwo, denn ich bin der Zukunft so nahe wie der Vergangenheit. Das Licht steht.

Ich kann es lange so aushalten.

Und doch wird es immer unerträglicher. Die Jahrhunderte beginnen zu rasen, Sternsysteme entstehen und zerfallen, irgendwann holt mich das Ende ein, das es nie gegeben hat, es rast auf mich zu, eine Flutwelle, ein Zyklon, eine riesige Finsternis, aber ich muss ausharren dort in den Salzwiesen und halten, halten ...

Dann wache ich auf.

Ich saß auf der Türschwelle des Hauses und wartete auf Anne. Als sie kam, sagte sie: Was machst du denn hier? Ich will nicht im Haus sein, sagte ich. Ich halte es da drinnen nicht aus. Und wo willst du hin? Ich zuckte die Achseln. Ich kann nicht gehen, sagte ich. Ich sitze auf der Schwelle, kann weder raus noch rein. Komm, sagte sie, ich mache uns einen Tee. Ich will keinen Tee, sagte ich. Ich will nicht ins Warme. Ich will nicht ins Schlafzimmer und ins Bett und morgen früh aufwachen. Morgen früh bin ich tot oder verschwunden oder verrückt geworden.

Sie versuchte es noch ein paar Mal, meine Anne, und ließ mich dann vor der Tür sitzen. Da sie nun da war, konnte ich gehen. Es war noch nicht dunkel, die Abende werden länger im Frühling. Ich ging zum Nordstrand, zum Meer. Ich wanderte eine Stunde den Strand entlang, zog den Reißverschluss meiner Jacke bis unter die Nase, fror. Ich wollte frieren. Ich stand lange am Westende und sah im Dunkeln die fahle Silhouette von Memmert. Ich wollte zu Jenny. Aber das Wasser lief ab. Es dauerte mindestens noch drei Stunden, bis es wieder auflief. Ich würde ins Watt hineingehen bis zur Juister Balje, mich in den stillen, starken Strom lassen, hinausgezogen werden, gegen die Strömung kämpfen. Entweder würde ich es schaffen und patschnass bei Jenny ankommen, mich nackt am Ofen wärmen, während sie einen heißen Tee machte. Oder ich würde es nicht schaffen. Dann wäre endlich alles vorbei.

Das waren die zwei Möglichkeiten, die mir einfielen. Beide hatte ich gern.

Ich ging nicht ins Watt. Ich ging in die Dünen und verbrachte die Nacht dort. Schlaflos, nur manchmal nickte ich ein. Es war saukalt, und der Sand ist auch nicht so weich, wie man denkt.

Ich kam erst zurück, als Anne schon wieder weg war. Wahrscheinlich hat sie sich Sorgen gemacht. Oder gedacht, ich bin bei Jenny. Im Haus war alles wie immer: ekelhaft und beklemmend.

Ich erinnere mich.

Es ist furchtbar. Es ist eine große Dunkelheit, eine Trauer, die mich verschluckt, ein Schmerz, der mich taub macht. Aber das Unheimliche ist weg.

Es ist alles am Tag.

Ich schlafe auf dem Sofa im Arbeitszimmer und

stehe zwei Tage nicht auf. Gehe nur aufs Klo, will das Zimmer nicht verlassen. Höre immerzu Albinonis Adagio, die einzige Musik, die die Finsternis ausdrücken kann.

Es gibt sonst nichts als diese Finsternis.

Sie macht mich winzig klein, ich bin ein erlöschender Lichtfunke darin, ich glühe vor Schmerz, das ist der einzige helle Laut in der Nacht.

Ich habe in die Kiste geschaut.

Ich wusste, was darin ist, die ganze Zeit.

Es lag auf der Hand.

Franziska ist tot.

Ich muss es eigens hier aufschreiben, es ist ein Satz wie ein Grabstein, graniten und unwidersprechlich:

FRANZISKA IST TOT.

Ich habe sie getötet. Nie wollte ich hineinsehen, nie wollte ich dieses Bild wieder sehen, diesen Anblick, an den ich mich nun erinnere.

Sie ist tot.

Da helfen keine Viele-Welten-Theorien und keine quantenphysikalischen Wahrscheinlichkeitswellen.

Sie ist tot.

Seit zwanzig Jahren.

Das war der Grund für unsere Trennung.

Deshalb bin ich nach Kiel geflohen.

Deshalb habe ich ein neues Leben angefangen.

Und all die Jahre hat sie weitergelebt, tot und lebendig, weder tot noch lebendig.

Schrödinger hatte recht.

Ich habe den Termin abgesagt. Ich kann das Zimmer kaum verlassen, geschweige denn das Haus. Albinoni läuft ohne Unterbrechung. Ich habe die Vorhänge zugezogen und mache kein Licht. Es ist Nacht. Das ist gut.

Ich esse nichts. Brauche nichts. Heule immer wieder. Es lässt mich nicht los.

Schrödinger hat es diesmal gelten lassen. Aber den Termin nächste Woche müsse ich wahrnehmen. Es sei wichtig, gerade jetzt!

Was fühle ich außer der entsetzlichen Leere, außer dem Verlust?

Ich bin wie ausgelöscht.

Ich denke, das muss jetzt sein.

Die Verzweiflung, die Ausweglosigkeit, die Panik. Wie damals, als ich nicht wusste, was ich tun sollte.

Die Schuld.

Die Schuld ...

Es ist unfassbar! Die ganze Zeit lag es vor meinen Augen, zu nah, um es zu erkennen. Es war weg, ausgetilgt, keine Spur mehr und nicht einmal das vage Erinnern, dass da etwas gewesen war. Nein, es hatte nicht mehr existiert. Es war nie gewesen.

Und jetzt ist es so deutlich da, als wäre es gestern geschehen.

Überdeutlich sogar, überwirklich. Es hat solche Macht, dass ich fast an Übersinnliches glaube. An Gott.

Das ist schon zuviel. Das kann ich nicht bewältigen.

Einmal muss ich es erzählen.

Und dieses Weh, wenn ich daran denke, wie sie in meinen Armen liegt, dieses unschuldige, hilflose Leben, das ich zerstört habe – dieser Schmerz ist nicht auszuhalten. Das ist kein Angorakätzchen mehr: Das ist das Mädchen, das ich liebe, das meine große Liebe ist!

Ich könnte die ganze Zeit heulen, habe irgendwann keine Tränen mehr, kann nur noch schluchzen. Es aufzuschreiben, ist das Einzige, was den Wahn aufhält.

Ich habe es Anne erzählt. Und Jenny, am Telefon. Ich bin so angefüllt davon. Wahrscheinlich habe ich die beiden damit überfordert.

Ich habe noch immer nichts gegessen. Seit einer Woche. Schrödinger habe ich die Geschichte auch erzählt, er hat sich viele Notizen gemacht.

Aber ich muss sie auch einmal aufschreiben. Hier, in diesen Zeilen.

Ich muss sie sehen, schwarz auf weiß.

Ich muss sie erzählen können, als wäre es ein Stück meines Lebens. Sie darf nicht länger ein Alptraum sein, etwas Unwirkliches, eine Legende aus alter Zeit, die immer wieder lebendig wird.

Sie ist tot.

So muss ich über sie schreiben.

Bin wieder aus meinem Zimmer gekommen. Anne ist verstört, sie weiß immer weniger, was vorgeht.

Ich habe abgenommen, schon jetzt. Ich esse immer noch nichts. Bei jeder Gelegenheit fange ich an zu heulen. Ich kann die Nachrichten im Fernsehen nicht mehr ertragen, und auch Filme, in denen ein Leid geschieht. Wie kann man nur all die Nachrichten und Filme tagtäglich schauen und nicht entsetzt sein über das ganze Elend, das hier gezeigt wird? Über manche Filme werde ich wütend, weil sie nur Filmleid zeigen, aus Pappmaché, kein echtes. Weil alles nur der Darstellung dient, der Unterhaltung, der Spannung. So dürfte Leid nicht gezeigt werden! Das verharmlost es. Das bietet Klischees. Klischees kann man ignorieren. Leid nicht.

Und dann gibt es Stunden, in denen ich nur auf dem Sofa in meinem Zimmer liege. Ich kann mich nicht bewegen. Wozu auch?

Mich totstellen. Nicht aufstehen und etwas tun, das beschwört nur alles herauf.

Ich versuche, einfach zu denken: Wolken, Abend, der Schreibtisch. Das Licht der Lampe. Ich vermeide es, an das Kätzchen zu denken oder an Franziska, aber der bloße Gedanke, dass ich nicht daran denken soll, treibt mir die Tränen in die Augen.

Warum bin ich eigentlich noch am Leben? Ich hätte vor zwanzig Jahren mit ihr sterben sollen. Das war mein eigentliches Leben.

All dies hier ist toter Ersatz. Eine künstliche Kulisse. Es trägt nicht mehr. Alles, woran ich mich zwanzig Jahre lang festgehalten habe, zerrinnt mir zwischen den Fingern.

Ich stehe im Leeren. Auf einer weiten, leeren Fläche, wo es nichts gibt. Ich bin nichts.

Das ist ein tröstlicher Gedanke. Jetzt kann ich aufhören, so zu tun, als wäre ich etwas. Als wäre ich jemand, ein normaler Mensch, der ein Leben haben darf.

Nun kann ich aufhören, mir und anderen etwas vorzumachen.

Das ist eine Einfachheit, die gut tut.

Ich bin nackt.

Keine Idee, kein Plan, kein Trost.

Es gibt nichts mehr, an das ich glaube. Das sind Hirngespinste. Hätte ich früher von dieser Leere gewusst, hätte ich mich nicht so abgezappelt.

Jetzt kann nichts mehr kommen. Endlich. Die Jahre, auf die ich gewartet habe, die zu zählen waren, die ich berechnen musste als das, was ich noch besaß – sie sind verschwunden. Keine Zukunft mehr, und keine Vergangenheit.

Es ist alles Gegenwart.

Ich bin frei.

Frei von Lüge. Frei von allen Lebenslügen.

Und wenn ich manchmal versuche, mich an dieser Freiheit festzuhalten als an etwas Gutem, wenn dann so etwas wie Aussicht aufblitzt und ich einen Horizont sehe, auf den ich zugehen könnte, fällt mir wieder der Grund für diese Leere ein: dieser Tod, dieser Verrat, dieser Hammerschlag, der aus dem Nichts kommen und alles binnen Sekunden in Splitter und Scherben schlagen kann.

Diese Zerstörung überall und in allem. Diese immense Vernichtung. Die Illusion von Geborgenheit, Vertrauen, Liebe. Wie lächerlich sich das ausnimmt! Nein, merke ich dann, es ist nichts geblieben.

Selbst das Schreiben hat keinen Sinn. Ich tue es nur, weil ich mir in der Rolle des Chronisten gefalle, weil das so lächerlich ist wie alles und ohne Täuschung genauso getan werden kann wie alles und nichts.

Ich schreibe und schreibe.

Bernhard hatte Ecstasy besorgt. Er zeigte es uns in der Stahlfabrik, wo wir uns zu dritt getroffen hatten. Dann wollte Bernhard, dass wir zu ihm gingen. Vielleicht stellte er sich einen flotten Dreier vor, aufgeputscht vom MDMA. Jedenfalls überredete ich ihn, dass ich es zuerst mit Franziska alleine versuche. Das wollte er nicht gern, aber ich bestand darauf.

Kennst du dich denn damit aus?, fragte er, bevor er mir das Zeug gab.

Klar, sagte ich.

Nur ein Weilchen allein sein, sagte ich. Wir treffen uns nachher bei dir.

Franziska und ich machten uns davon. Ihr sagte ich, Bernhard habe es sich anders überlegt. Sie schaute mich komisch an und meinte, sie habe das Zeug noch nie genommen. Ob ich die Sache auch im Griff hätte.

Wir werden das schon hinkriegen, sagte ich. Wir werden halt vorsichtig sein.

Aber ich wollte nur, dass es eine Erfahrung würde, die uns miteinander verband. Ich wollte derjenige sein, mit dem sie das Zeug zum ersten Mal nahm, nicht Bernhard.

Wir fuhren durch die Stadt, es war schon dunkel, im August war das, und gingen zu den Isarauen. Der Fluss in der Dunkelheit glitzerte von den umgebenden Lichtern. Wir stolperten über die Steine, kannten uns kaum mehr aus.

Wir zogen uns zurück in ein Wäldchen am Ufer, wo sonst keiner hinkam. Wir zogen uns aus, badeten, bekamen Lust aufeinander. Wir nahmen jeder eine Tablette und warteten auf die Wirkung. Dann wurde uns heiß und der Puls dröhnte im Hirn, alles war leicht und hoffnungsvoll, wir mussten uns bewegen und jagten uns im Fluss, fielen übereinander und rissen uns die Kleider vom Leib. Wir hatten uns so lieb, dass wir es unbedingt zeigen mussten, jetzt sofort.

Wir schliefen miteinander im Gras des Wäldchens. Es war das erste Mal.

Danach wollte Franziska wieder etwas nehmen, weil es so schön war. Sie fragte mich. Ich war leichtsinnig und übermütig.

Kann nichts passieren, sagte ich.

Ich vertraue dir, sagte sie warnend.

Ich zog mich wieder an, tanzte auf dem Kieselstrand und sang ein Lied an den Mond.

Währenddessen musste Franziska das Säckchen herausgeholt und ein paar Tabletten genommen haben.

Wie viel?, fragte ich. Wie viel hast du genommen?

Weiß nicht, sagte sie lachend. Vier oder fünf.

Als die Wirkung einsetzte, war es zu spät. Sie zitterte und zuckte. Sie war schweißnass. Sie lag in meinen Armen und atmete zuerst ganz flach, dann nicht mehr.

Ich rief ihren Namen. Ich wollte Hilfe holen, aber ich konnte sie nicht loslassen.

Ich hatte nicht aufgepasst, wurde mir klar. Ich hatte darauf gedrängt, Bernhard loszuwerden. Ich hatte überhaupt erst diese verdammten Tabletten angenommen. Ich hatte nicht mit der euphorisierenden Wirkung gerechnet, die einen alle Vorsicht vergessen lässt. Ich hatte Franziska allein gelassen. Sie hatte mir vertraut.

Ihre Lider flatterten.

Sie war ganz weiß. Dann atmete sie noch einmal aus, und sie war tot.

Ich hatte nicht gewusst, dass man an einer Überdosis Ecstasy sterben kann. Wenn man die Disposition hatte. Oder wenn organisch irgendetwas schieflief. Vielleicht hatte Franziska einen Herzfehler, und ich hatte es nicht gewusst.

Sie war tot, aber ich sprach mit ihr. Ich wollte sie zurückholen, wollte sie ins Leben sprechen, und wie ich da saß und sie hielt, glaubte ich, das wirklich zu können.

Dann lief ihr plötzlich eine Flüssigkeit aus der Nase. Ich weiß nicht, was.

Aber diese plötzliche Regung des toten Körpers, dieses rein mechanische Geschehen entsetzte mich.

Mir kroch es kalt über den Rücken.

Was ging hier eigentlich vor?

Ich legte sie auf den Kies und floh.

Ich lief durch die Stadt und kam in meinem Wohnheimzimmer an, verschloss die Tür hinter mir, verkroch mich im Bett.

Das da unten an der Isar, das Weiße, Reglose im Mondlicht, das war nicht Franziska. Franziska lebte und wollte mich nicht mehr. Es war etwas zwischen uns getreten, dagegen konnte keiner etwas tun.

Ich heulte, weil ich sie verloren hatte, und begann am nächsten Tag, meine Zukunft zu planen. Ohne Franziska.

Ich wollte weg aus München, weg von dem Ort, an dem wir uns geliebt und an dem sie mich verlassen hatte.

Bernhard sah ich nicht wieder. Ich weiß nicht, wer Franziska gefunden hat und ob es polizeiliche Untersuchungen gab. Sie werden in ihrem Körper das MDMA entdeckt haben, die Todesursache war klar.

Ich weiß nicht mehr, wie ich die Erinnerung verdrängen konnte. Ich weiß dann nur noch, dass dort eine andere Erinnerung begann, die Version unserer Trennung. Alles Folgende sehe ich wie mit den damaligen Augen, und der Versuch, es mit dem jetzigen Wissen zu überblenden, misslingt.

Ich ging als der Verlassene nach Kiel. Ich wollte mein Studium zu Ende machen und als Ingenieur arbeiten. Ich wollte in Norddeutschland mein weiteres Leben verbringen. So ist es gekommen.

Es ist so viel auf einmal, sage ich zu Schrödinger, abgemagert und ungewaschen. Schuld, Angst, Schmerz, Fassungslosigkeit, Trauer ...

Sie haben sich dem gestellt, Herr Eder. Jetzt gilt es, das in Ihr Leben zu lassen. Und diese vermeintliche Schuld zu bewältigen. Die Schuld hat ihren Ursprung, sie ist ein Muster, verstehen Sie?

Wissen Sie, sage ich, es ist weniger eine konkrete, persönliche Schuld. Kein schlechtes Gewissen, unter dem ich leide. Es ist eher so, dass mich die Schuld auslöscht. Als wäre ich nie irgendetwas gewesen. Als wäre das der Beweis, dass ich zu keiner Zeit genügt habe. Ich war leichtsinnig, ich war mir der Verantwortung nicht bewusst. Aber vor allem macht mich fassungslos, dass das geschehen kann. Dass ein kleiner Fehler so grausam bestraft wird. Dass kein Mensch dem genügen kann. Dass die Welt so ist, wie sie ist, verstehen Sie?

Sie wollen sich durch die Schuld negieren, sagt Schrödinger, ich höre ihm kaum zu. Sie haben sich nie das Recht zugestanden, am Leben zu sein. Das ist das Muster, verstehen Sie?

In so einer Welt will ich nicht leben, sage ich.

Sie leben seit vierundvierzig Jahren in ihr, sagt Schrödinger.

Nein, das stimmt nicht. Seit Franziskas Tod habe ich die Welt nicht mehr so gesehen, wie sie ist. Ich habe sie verharmlost. Ich habe nicht nur Franziskas Tod verdrängt, ich habe auch das Schreckliche in ihr verdrängt. Ich weiß nicht, sage ich, ob ich damit leben kann.

Das kommt Ihnen jetzt so vor, meint Schrödinger, weil das innere Geschehen Sie so in Anspruch nimmt. Mit der Zeit werden Sie sehen, dass Sie sich längst der Welt gestellt haben.

Wenn Sie meinen …

Jenny sagt, dass mich keine Schuld trifft. Wir gehen am Billriff spazieren. Meine Geschichte und wie ich sie erzählt habe, hat sie beunruhigt.

Ich lege den Arm um ihre Hüfte und will ihre Hand halten.

Willst du das wirklich, was du da tust?, fragt sie.

Willst du es nicht?, frage ich zurück.

Schon. Aber ich will kein Verhältnis mit einem verheirateten Mann, antwortet sie.

Ich verstehe das falsch und erwidere, verdutzt über so viel Zielstrebigkeit: Ich weiß nicht, was aus mir und Anne wird. Ich weiß gerade überhaupt nichts. Manchmal denke ich, ich werde alles hier zurücklassen und auswandern. In die Südsee. Ich lache. Wie Richard Eder. Aber diesen Witz kann sie nicht verstehen.

Vielleicht möchte ich dann nicht allein sein, füge ich vielsagend hinzu.

Das meine ich nicht, sagt sie. Ich will überhaupt keine Beziehung mit dir.

Ach so.

Ich will, dass das zwischen uns außerhalb der Welt bleibt. Dass niemand je davon erfährt. Dass wir etwas teilen, was niemand anders teilt. Ich möchte, dass du mein Freund bist. Eine Art großer Bruder, den ich nie gehabt habe. Zum Anlehnen. Einer, zu dem ich kommen kann, der mir Zuflucht bietet. Einer, dessen Nähe mich ruhig macht. Mehr weiß ich nicht.

Ich schüttle den Kopf. Mir wird klar, wie falsch ich sie verstanden habe. Aber mir wird auch klar, dass das keine Zukunft haben kann. Es wird nicht funktionieren.

Ich weiß nicht, sage ich. Ich weiß nicht, ob ich das will.

Sie senkt im Gehen den Kopf, schaut übers Watt. Ich soll jetzt nicht sehen, was in ihr vorgeht.

Habe ich sie verletzt? Jeder von uns hat sich etwas vorgestellt oder davon versprochen. Wird Zeit, dass wir darüber reden.

Vielleicht sollte ich mit Anne darüber reden, sage ich ratlos.

Das, sagt sie, will ich nicht.

Anne ist meine Frau. Wir sind seit zwanzig Jahren verheiratet. Sie hat ein Recht zu wissen, was nun werden soll.

Wenn du es für richtig hältst. kann ich dich nicht daran hindern. Aber es würde vieles verändern. Das musst du wissen.

Ich sage nichts. Ich muss irgendwann mit Anne reden, das ist klar.

Ich fühle mich seltsam. Leer, frei. Irgendwie frisch, wie neugeboren, alles ist klar und neu und furchtbar empfindlich. Manchmal halte ich die Weite der Welt kaum aus, den leeren Horizont, die gnadenlose, gleichmütige Nacktheit. Ich weiß jetzt, in was für einer Welt ich lebe. Ich weiß nicht, ob ich darin leben will. Ich tue es seit über vierzig Jahren, das stimmt, aber erst jetzt habe ich den Eindruck, freien Willens darüber entscheiden zu können.

Die Angst kommt immer wieder. Sie überfällt mich kalt und lässt mich am ganzen Körper frieren. Der Schweiß bricht mir aus, ich tigere ruhelos im Haus herum und würde am liebsten alle Fenster aufreißen. Dann wieder verkrieche ich mich im Bett und ziehe die Decke über den Kopf.

Mir wird klar, dass mich an Jenny ihre Ähnlichkeit mit Franziska angezogen hat. Wieder so ein Wesen, das sich vertrauensvoll mir in die Hände gibt. Aber das will ich nicht mehr. Ich wollte unbewusst etwas Neues, einen Ausweg aus dem alten Leben, eine Liebe erfahren, wie ich sie mit Franziska erfahren habe. Aber das mit Jenny ist nicht neu. Es könnte neu werden, aber wozu? Was ist mit Anne? Es ist nicht so, dass ich Anne nicht mehr liebe. Es ist nur so, dass ich mein Leben ändern muss. Ich kann so nicht weiterleben.

Da muss sich innerlich etwas ändern, ich weiß. Ich muss eine neue Haltung finden, mich neu zurechtfinden in einer Welt, in der das Furchtbare und Unbegreifliche jederzeit geschehen kann. Was sich dabei äußerlich ändern wird, weiß ich nicht.

Manchmal glaube ich zu verstehen, dass ich Anne geheiratet habe, weil sie völlig anders ist als Jenny oder Franziska. Dass ich dafür die große Liebe aufgegeben habe. Anne *ist* völlig anders. Sie will nicht, dass man sich um sie kümmert. Ihr gegenüber habe ich keine Verantwortung. Sie müssen damit aufhören, sagt Schrödinger, für andere Verantwortung zu übernehmen. Sie sind für Ihr eigenes Leben verantwortlich.

Irgendwie geht gerade alles ziemlich schnell, kommt mir vor. Vielleicht liegt das daran, dass ich wenig schreibe. Die Tage gehen vorbei wie Erlebnisprotokolle, für jeden einen graugrünen Bogen mit ausgefüllten Zeilen. Und dann wieder steht alles still, nichts kommt von der Stelle, ich lebe in einem Zeitloch, im Auge des Hurrikans. Alles ist so still, so beredet. Alles spricht ganz neu zu mir, aber wie zu einem Kind, das noch nichts kennt. Alles fühlt sich neu an, unerträglich lebendig, dabei verletzlich und wie die weichen Schmetterlingsflügel nach dem Schlüpfen, die erst aushärten müssen.

Anne und ich gehen uns aus dem Weg. Aber ich kenne sie. Eine Woche nach dem Spaziergang mit Jenny habe ich mich entschlossen, Anne daraufhin anzusprechen. Doch sie kommt mir zuvor.

Setz dich, sagt sie und hat Tee gemacht. Im Wohnzimmer.

Ich setze mich brav.

Wie fühlst du dich?, fragt sie. Das habe ich nicht erwartet. Ich bin zu überrascht, um etwas zu sagen.

Ich weiß, dass es dir zur Zeit nicht gutgeht, fährt sie fort. Aber ich muss einfach ein paar Dinge klären.

Die Geschichte über diese Franziska, die du mir erzählt hast ... und diese Therapie bei Herrn Schrödinger ... und deine Reaktion auf den Tod deines Kätzchens ... das alles kann ich nicht einordnen. Ich verstehe nicht, was vorgeht.

Ich meine nicht, dass ich nicht verstehe, was in dir vorgeht, fügt sie hinzu. Du hast Depressionen und Angstattacken, das verstehe ich. Und da ist ein Trauma, das du verarbeiten musst.

Was ich meine, ist: Was bedeutet das alles für uns? Für dich und mich?

Und was ist das mit Jenny? Wie soll ich damit

umgehen? Ich meine –

Anne, unterbreche ich sie. Anne. Ich weiß es wirklich nicht. Ich weiß nicht, wohin das alles führt. Ich weiß nur, dass ich nicht so weiterleben kann und will wie die letzten zwanzig Jahre.

Aber das muss ich auch nicht. Nachdem ich nun entdeckt habe, wovor ich geflohen bin die ganze Zeit, da sind alle Dinge möglich. Ich meine, ich bin jetzt freier als vorher. Das Leben, das wir beide, du und ich, uns aufgebaut haben, ist nicht mehr bloß eine Zuflucht, verstehst du, ein Schlupfwinkel, in dem ich mich verstecke.

Ich mache eine Pause, sie schaut mich erwartungsvoll an. Gut, denke ich, es kommen also keine weiteren Fragen. Keine Fragen nach Scheidung oder zeitweiliger Trennung, keine Liebst-du-mich-Frage. Die könnte ich nicht beantworten. Was ist Liebe denn? Was bedeutet es für zwei Menschen, wenn sie zwanzig Jahre ein Leben teilen?

Ich fühle mich mit dir eng verbunden, sage ich. Wir haben uns etwas aufgebaut, und ich habe das Gefühl, das hält. Ich will es auch nicht in meinem Leben missen.

Du willst also keine Trennung? Und sei es auf Zeit?

Das mit Jenny ist nichts. Nicht das, was man so denkt. Ich weiß nicht. Ich habe in ihr etwas gesucht, das ich anders finden muss. Eine Nähe. Etwas Altes. Das hat viel mit Franziska zu tun, aber gar nichts mit dir und mir.

Du machst es dir einfach, sagt sie. Ich schaue sie an. Kein Tränenzucken um die Mundwinkel, kein Wasser in den Augen. Sie ist beherrscht und nüchtern. Hat dir denn in unserer Ehe etwas gefehlt?, fragt sie.

Das kann sich erst jetzt klären, sage ich. Ich muss darüber nachdenken.

Also ist es nicht so, dass du mit Jenny eine Affäre hast oder willst? Anne resümiert. Sie bringt die Dinge auf den Punkt, will größtmögliche Klarheit. Das gefällt mir an ihr.

Ich weiß es nicht. Eigentlich nicht ...

Und es ist auch nicht so, dass du dich von mir trennen willst?

Nein, ich denke nicht. Ich meine, im Moment sehe ich keinen Grund dafür. Ich muss mein Leben ändern, ich muss lernen, es anders zu leben. Ob du damit etwas zu tun hast, muss ich erst herausfinden.

Das ist ja nett, sagt sie sarkastisch. Und du hast noch keine Ahnung, was wir gemeinsam an unserer Ehe ändern sollen oder können?

Nein. Ich muss Schrödinger fragen, wie er sich die Zukunft vorstellt. Wie das jetzt weitergeht mit der Therapie.

Ja, sagt sie sachlich, vielleicht wäre es gut, wenn ihr ein Therapieziel festlegen würdet, einen Plan, wie es zu erreichen ist.

Anne, sage ich und muss grinsen, das gefällt mir so an ihr, aber das macht sie auch herrisch, das überlass mal bitte Schrödinger und mir. Ich denke, er weiß schon, was er zu tun hat.

Dann ist ja gut, sagt sie, kein bisschen beleidigt. Und ich sehe, dass sie sich tatsächlich entschlossen hat zu warten. Abzuwarten. Jetzt keine folgenschweren Entscheidungen zu treffen. Die Unsicherheit der Beziehung, die Verletzbarkeit auszuhalten. Das hätte ich nicht erwartet.

Vielleicht kannst du mir alles irgendwann so erklären, dass ich es verstehe, sagt sie und zieht sich in sich selbst zurück. Ich sehe es an ihrem schmalen Mund und den Augen. Vielleicht bin ich dann soweit, meint sie und dreht sich um, nimmt das Schlüsselbund von der Kommode und geht aus dem Haus. Ich bleibe ratlos und traurig zurück. Trotzdem bin ich erleichtert.

Der Neurologe hat die Dosis des Angstlösers erhöht und mir einen Stimmungsaufheller verschrieben. Sonst würde ich stundenlang nur dasitzen und nichts tun. Ich kann mich kaum aufraffen, etwas zu tun, und nur Anne zuliebe mache ich etwas im Haushalt.

Ich esse jetzt wieder, aber nur Brot und Milch und ein bisschen Gemüse. Ich brauche nichts.

Wie soll es jetzt weitergehen?, frage ich Schrödinger.

Ich habe ihn nach dem Tod des Kätzchens gebeten, seine Katze nicht mehr auf dem Schoß zu haben. Zuerst dachte ich, es macht mir nichts aus, weil es doch nicht mein Kätzchen ist, aber es macht mir etwas aus.

Nun, antwortet er, die Aufdeckung des Traumas ist nur der erste Schritt. Die Abwehrmechanismen sind noch inkraft, und das ist in Ordnung so. Schließlich haben sie Ihnen ermöglicht, ein Leben nach Franziskas Tod aufzubauen.

Sie meinen, das hört nicht einfach auf?

Sie werden sich immer wieder mit den traumatischen Geschehnissen konfrontieren lassen müssen.

Der Schmerz wird Stück für Stück bewältigt, ebenso die Schuld.

Die Schuld sitzt tief, sagt er, und mit ihr das Minderwertigkeitsgefühl, der Gedanke der Selbstauslöschung. Das muss sorgfältig aufgelöst werden.

Sie müssen die alten Strategien nach und nach durch neue ersetzen, um mit dem Trauma umgehen zu lernen. Das geht nicht von heute auf morgen.

Sondern?

Ich denke, sagt er und lächelt, in zwei Jahren können wir da viel sehen.

Werde ich wieder arbeiten können?

Sicher. Aber eher später als früher. Vielleicht wollen Sie auch nicht in Ihre alte Stelle zurück.

Noch einmal studieren, sage ich und lache. Psychologie oder Germanistik. Ich habe immer gute Aufsätze geschrieben.

Haben Sie jemanden, auf den Sie sich verlassen können in der Zeit? Jemanden, der das mitträgt?

Ich arbeite daran, sage ich.

Dann belassen wir es einstweilen bei zwei Sitzungen pro Woche, würde ich vorschlagen.

Das ist mir recht.

Habe mir heute im Garten das Grab von meinem Kätzchen angesehen. Das Kreuz aus zusammengebundenen Stöckchen. Vielleicht sollte ich es entfernen, damit das Grab nur eine Stelle im Gras ist.

Ich überlege mir, nach München zu fahren und Franziskas Grab zu suchen. Wie das wäre davorzustehen, den Namen und das Datum ihres Todes zu lesen. Nach zwanzig Jahren wird es wohl noch nicht geräumt sein.

Eine Zeit geht zuende. Ich merke es, auch beim Schreiben. Ich schreibe anders, das Verwirrspiel mit erzähltem und erzählendem Ich ist jetzt vertraut, erscheint in einem neuen Licht.

Ich bin froh, dass ich diese Zeilen geschrieben habe. Ich werde sie irgendwann der Reihe nach durchlesen und sehen, wie alles gekommen ist. Aber das ist im Moment nicht nötig. Sie haben ihren Zweck erfüllt, und wenn ich weiterschreibe, dann mache ich eine eigene Datei daraus. Das Selbstgespräch tut mir gut, auch dann, wenn es nicht darum geht, ein dunkles Geheimnis aufzudecken.

Schrödingers Katze, ich meine das Gedankenexperiment, fasziniert mich immer noch. Ich frage mich noch immer, ob nicht die Welt im Grunde unbestimmt und nicht festgelegt ist. Ob sich die Dinge nicht erst im letzten Augenblick entscheiden. Ob nicht die Quantenphysik eine Spur ist zu einem spontanen Gott, einem lebendigen, nicht jenem, der Leid und Schmerz geschehen lässt, sondern jenem, der den Katzen ihr Schnurren gab.

Rainer Gross
Yūomo
Roman

BoD 2014   € 7,90
ISBN: 9783735757517
*Erhältlich im Buchhandel
und in allen Online-Shops*

Yūomo, Abendgesicht. Neun Monate dauerte die obsessive Liebe zwischen dem Ich-Erzähler, einem erfolgreichen Schriftsteller Anfang vierzig, und der in Deutschland geborenen Japanerin. Neun Monate, in denen sie die Fremdheit zwischen sich pflegten und förderten und Vertrautheit und menschliche Nähe als trügerische Idylle boykottierten. Dann bringen die katastrophalen Ereignisse in Fukushima Yūomo dazu, in ihr nie gesehenes Heimatland zurückzukehren. In einer einzigen Nacht versucht der Erzähler, seine Liebe zu ihr und seinen Verlust zu bewältigen, auf dem Weg, den er am besten kann: im Erzählen. Ein wortmächtiges, hypnotisches, verzweifeltes Selbstgespräch, das ins Kreisen gerät, wie in einem Strudel immer mehr Material aus den Tiefen seiner Lebensgeschichte zutage fördert und damit ein neues Licht auf die Beziehung zu Yūomo und ihr Scheitern wirft.